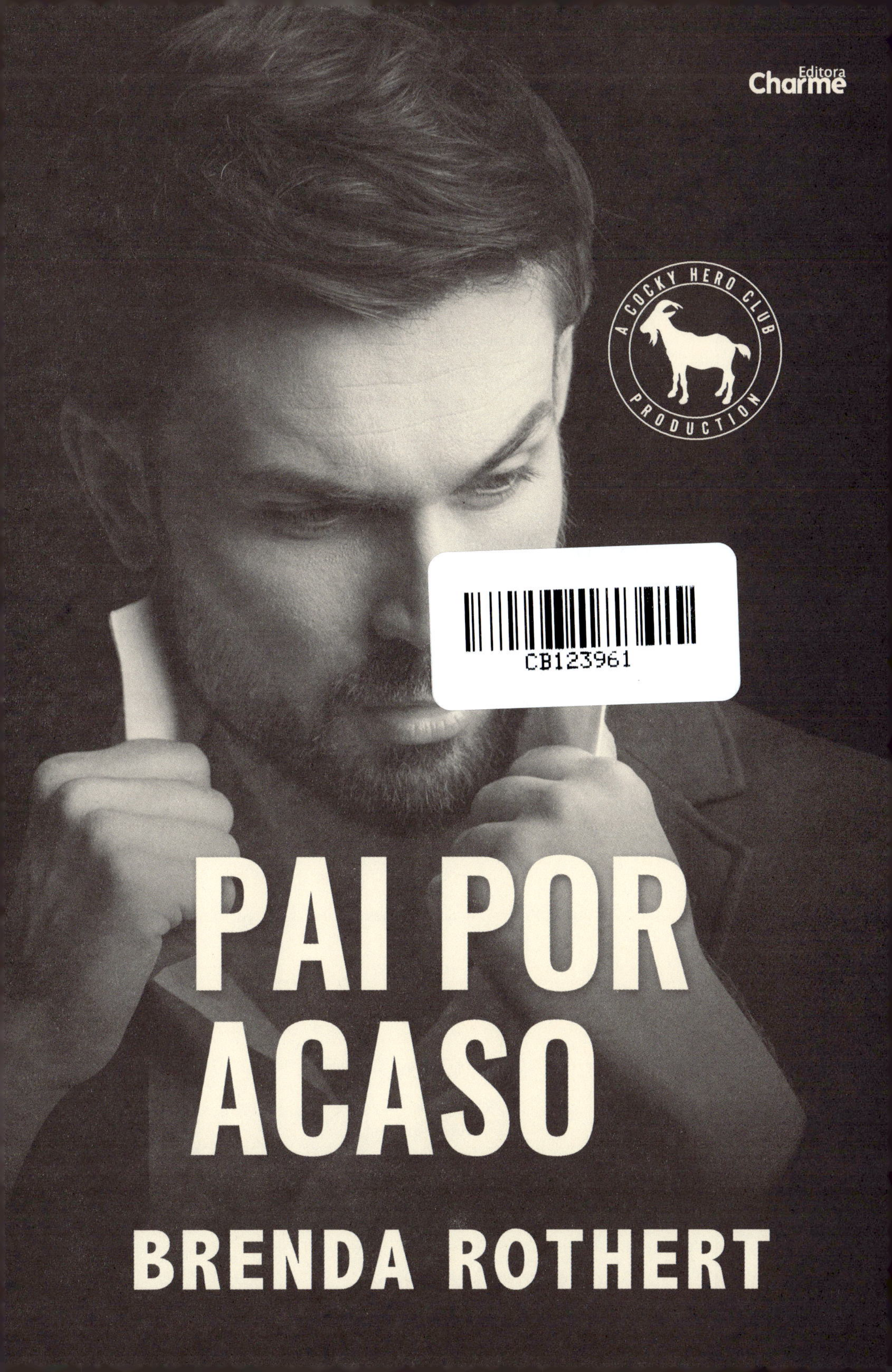

Editora Charme

A COCKY HERO CLUB PRODUCTION

PAI POR ACASO

BRENDA ROTHERT

1ª Impressão 2024

Produção Editorial - Editora Charme
Adaptação da capa e Produção Gráfica - Verônica Góes
Tradução - Melissa Medeiros
Preparação - Monique D'Orazio
Revisão - Equipe Charme

Esta obra foi negociada por Brower Literary & Management.

CIP-BRASIL. CATALOGAÇÃO NA PUBLICAÇÃO
SINDICATO NACIONAL DOS EDITORES DE LIVROS, RJ

R755p

Rothert, Brenda
Pai por acaso / Brenda Rothert ; tradução Melissa Medeiros. - 1. ed. - Campinas [SP] : Charme, 2024.
176 p. ; 22 cm.

Tradução de: Pompous player
ISBN 978-65-5933-182-6

1. Romance americano. I. Medeiros, Melissa. II. Título.

24-92805 CDD: 813
CDU: 82-31(73)

Gabriela Faray Ferreira Lopes - Bibliotecária - CRB-7/6643

Editora Charme

www.editoracharme.com.br

Editora Charme

A COCKY HERO CLUB PRODUCTION

Tradução: Melissa Medeiros

PAI POR ACASO

BRENDA ROTHERT

CAPÍTULO UM

Winter

Avanço sobre as moedas que encontro escondidas debaixo das almofadas do sofá, contando de cabeça a quantidade conforme as pego. Oitenta e seis centavos. Não preciso só disso, mas já é algum progresso.

Depois de adicionar as moedas à pilha na mesinha de centro, recoloco as almofadas e me sento. As molas rangem quando as almofadas se movem debaixo de mim. Eu poderia vendê-lo, mas ninguém iria querer um sofá de veludo verde desgastado que deixou de ser vintage chique uns três buracos atrás.

Suspirando fundo, olho para Avery, dormindo como uma pedra no cobertor que estendi no chão para ela. Meu coração explode enquanto observo suas bochechas gordinhas e minúsculos lábios rosados acomodados em uma linha pacífica. Ela chorou tanto por mais de uma hora que cansou, só parou para tomar mamadeira e arrotar algumas vezes.

Na verdade, ela cansou nós duas. Estou sem um tostão, mas se eu tivesse que escolher entre oito horas contínuas de sono e cem dólares em dinheiro vivo agora, seria uma decisão difícil. Eu seria capaz de chorar muito, com bochechas vermelhas e meleca por todo lado, enquanto agarrava o dinheiro o mais rápido que pudesse.

Mallory saberia o que fazer. Avery provavelmente dormiria em minutos com sua mãe, mas eu sou a única opção agora. Não tenho os instintos maternos naturais de Mal ou sua calma e sua atitude "tudo passa". Droga, eu não tenho nem dez dólares para comprar fraldas.

Enterrando o rosto nas mãos, me permito alguns minutos para sentir pena de mim mesma. Então, com um pouco de esperança, pego meu celular e dou uma olhada no grupo de cabeleireiros do Facebook do qual faço parte para ver se alguém se interessou por comprar meu velho modelador de cachos e minha chapinha de cabelo.

Nada.

Resmungo, decepcionada, e Avery se move, levantando os dois braços no ar, se espreguiçando enquanto dorme. Prendo a respiração, sem mover um músculo, por medo de acordá-la. Ela boceja e abaixa os braços ao lado da cabeça. Enquanto seu rosto retorna a uma expressão neutra de sono, vou voltando aos poucos a inspirar.

Só me restam duas fraldas. Avery poderia usá-las na próxima hora. Eu já vendi quase tudo — meu carro, todas as minhas bolsas, exceto a que estou usando agora, e a maioria dos meus sapatos.

Não deixe ninguém dizer que bebês não são caros. Não só Avery vai precisar de mais fraldas, como também vai precisar de fórmula infantil em breve, e eu tenho que encontrar uma maneira de chegar ao nosso compromisso em um escritório de advocacia no centro de Chicago esta tarde.

Eu me inclino para trás no sofá, tentando pensar em uma resposta. Nunca estive falida antes. Eu sou responsável. Trabalho desde que consegui meu primeiro emprego como entregadora de jornal, aos treze anos.

Contudo, não consigo trabalhar sendo a única cuidadora de uma recém-nascida. E quando Mal ficou realmente doente, eu também não pude trabalhar muito — eu era tudo o que ela tinha.

O buraco em que estou parece um pouco menor enquanto caio no sono. Talvez um cochilo de dez minutos traga mais clareza.

Um barulho alto me faz acordar do sono profundo com um sobressalto. Minha mente está confusa e levo um tempo para perceber que alguém está batendo à porta da frente do meu apartamento. Logo olho em volta para Avery. Ela ainda está descansando no cobertor, mas sua expressão começa a se transformar em uma preparação para um dos seus gritos mais estridentes.

Esfaqueio mentalmente quem está batendo. Quem poderia ser? Não tenho muitos amigos em Chicago — Mal e eu nos demos bem assim que ela se mudou para cá há três anos e passei a maior parte do tempo com ela.

— Winter! Abra esta droga de porta!

Fecho os olhos quando reconheço o som da voz do proprietário do meu apartamento. Mick está furioso, e com razão.

Neste momento, Avery libera sua fúria, chorando forte e alto pela interrupção de seu sono. Prefiro chorar com ela a atender a porta, mas não posso, porque, bem, já sou adulta.

— Já vou, Mick — falo, limpando a baba do canto da boca e me levantando do sofá para ir buscar Avery.

— Desculpa, meu amor — digo em tom suave, acalantando-a. — *Shh*, está tudo bem.

Depois de colocá-la nos braços, ainda chorando, vou em direção à porta para abri-la. Mick aponta para um papel de cor amarela neon preso à superfície da porta de aço. A palavra DESPEJO grita comigo ainda mais alto do que Avery, as letras vermelhas em negrito fazendo meu estômago embrulhar.

— Mick, por favor, não — imploro, balançando Avery nos braços.

O sr. Careca balança a cabeça.

— Já acabou o tempo, Winter. Deixei o mês passado, porque a sua amiga estava morrendo.

A menção da morte de Mallory traz lágrimas raivosas aos meus olhos.

— Ela morreu há três semanas, e me deixou a filha recém-nascida. Ela não tem uma família que possa cuidar da Avery, exceto uma avó, que mora em um asilo. Estou sem saída aqui.

Mick não dá a mínima — sua expressão deixa isso claro.

— E você está há três semanas atrasada no aluguel deste mês. Eu não administro uma caridade.

— Eu sei disso, eu sei. Mas se pudesse ter um pouco mais de tempo...

— Você não está trabalhando, então como mais tempo vai ajudar?

Olho para ele, suplicante.

— Estou me esforçando para ter a guarda legal da Avery, e quando conseguir...

Mick levanta a mão.

— O tempo acabou, Winter. Sinto muito.

Uma faísca de fúria acende dentro de mim por seu completo desrespeito pela minha situação. Sou uma boa inquilina.

— Eu moro aqui há quatro anos, e nunca atrasei o aluguel.

Mick levanta as sobrancelhas.

— Pois é, até você parar de pagar completamente.

— Eu só preciso de tempo.

Meu coração pesa quando a gravidade de ser mesmo despejada do meu apartamento se instala.

— Eu te dou... quer dizer, dou para a sua namorada, esposa, mãe ou *quem quer que seja* serviços de cabelo grátis. Cor, corte, qualquer coisa.

— Eu não preciso da porra de um corte de cabelo, Winter. Preciso de grana, agora. De dois mil e quatrocentos dólares. — Ele balança a cabeça, a testa franzida em frustração. — Eu tiro as taxas de atraso se você me der dois mil até amanhã.

É oficial, estou prestes a me descontrolar na frente do proprietário, provando que com certeza não tenho esse tanto de dinheiro. Mal posso pagar por comida agora. Dois mil é um sonho impossível.

Sua expressão enternece.

— Eu tenho uma hipoteca neste lugar, tá bom? Não posso deixar você se livrar por mais tempo. Faça um favor para nós dois e tire as suas coisas nas próximas semanas para que eu não tenha que envolver a polícia.

— Meu Deus, Mick — mudo a abordagem. — Você não tem coração? Vai colocar um bebê na rua? Ela só tem cinco semanas de idade, seu babaca sem coração.

— Há um abrigo para sem-teto a alguns quarteirões.

— Eu *não* sou sem-teto.

Mick aponta para o aviso na minha porta.

— Caia fora, Winter. Desculpa ter que chegar a isso.

Ele se vira e vai embora. Fecho e tranco a porta, ainda distraída, balançando Avery suavemente para acalmá-la. Meu coração ainda martela sem parar por causa dessa interação.

— Estamos um pouco ferradas, mocinha — cantarolo. Ela se acalma, como se esperasse ouvir mais. Descobri, durante meu curso de cinco semanas de maternidade, que ela gosta de quando falo com ela assim, não importa o que eu diga. — Eu queria que a sua mãe estivesse aqui — continuo, minha garganta ficando apertada. — Mas somos só você e eu agora. Você e eu contra o mundo, meu amor.

Eu a coloco na cadeira de descanso e aperto o cinto ao seu redor, usando minha mão para balançá-la para cima e para baixo de leve. Ela grita em protesto e eu expiro com força antes de soltar o cinto e pegá-la de volta.

Avery adora ficar no colo. Coloco o seu peito no meu, sua cabecinha espiando por cima do meu ombro, e a carrego pela curta distância até minha pequena cozinha, acariciando suas costas de leve.

— Então somos sem-teto — digo, tentando conter o terror na voz. Bebês podem perceber medo? — E quebradas. Mas a boa notícia é que a sua mãe já pagou para a advogada elaborar a papelada da guarda para eu adotar você. Tudo o que temos que fazer é esperar o seu pai vagabundo assinar e você será toda minha.

Ela suspira e eu derreto.

— Então precisamos ver se eu consigo encontrar algum trabalho, mas vou ter que te levar comigo, então nada de gritos de estourar os tímpanos. — Fecho os olhos e respiro o doce cheiro de bebê recém-nascido. — Mas vamos dar um jeito nisso.

Olho ao redor do meu pequeno apartamento enquanto carrego Avery até a cama de solteiro na parede. Eu a deito e começo a abrir sua roupinha para que eu possa trocar sua fralda.

— Oficialmente só temos uma fralda sobrando — falo, alegre. Avery olha para mim, seus olhos azuis brilhantes e despreocupados. — Isso significa que estamos a um acidente gigante de cocô de ficar sem nenhuma fralda — eu lembro a ela. — Eu usaria as fraldas de pano, mas não podemos levá-las para a reunião com o advogado mais tarde, porque teríamos fraldas fedidas na bolsa de fraldas.

Abotoo sua roupinha amarela-clara e levanto Avery, abraçando-a.

— Acho que é hora de vender a última bolsa — continuo docemente. — Vale a pena por você. Posso colocar minhas coisas na sua bolsa de fraldas quando sairmos.

Avery choraminga, então eu a abraço mais forte e entro na cozinha para jogar fora sua fralda usada.

— Pode ser que a gente encontre o seu doador de esperma hoje — cantarolo enquanto continuo andando. — Mas você pode só ignorá-lo. Eu vou fazer isso. Ele é igual a todos, mas você não será nada parecida com ele. Quando ele assinar os papéis, vamos nos livrar dele para sempre.

A cabeça de Avery cai sobre meu ombro. Eu continuo andando, mas paro de falar para que ela possa descansar.

Espero não ter que encarar Harry Stone hoje. Minha advogada me disse que ele pode já ter assinado os papéis, então vamos nos encontrar apenas com o advogado dele. No meu estado mental, posso não ser capaz de me impedir de socá-lo se tiver que ver sua cara arrogante.

Faz um ano desde que Mallory entrou no salão com olhos sonhadores por causa de seu primeiro encontro com o filho favorito de Chicago — um ex-jogador da Liga Nacional de Hóquei, que chocou a todos quando se aposentou aos vinte e seis anos para servir no Exército por quatro anos e depois voltou para Chicago para começar seu próprio negócio.

Nem eu nem Mal poderíamos imaginar que ela ficaria grávida dele dois meses depois. Que ele viraria as costas para ela. Que ela seria diagnosticada com um agressivo câncer de mama metastático no início do segundo trimestre. Que ela renunciaria ao tratamento e teria que lutar com tudo de si só para viver o suficiente para dar à luz uma filha saudável.

Eu nunca teria sonhado, quando Mal me disse com entusiasmo que ela estava esperando um bebê, que eu seria a única a criá-la. Ou que eu estaria à beira de ser despejada agora.

Harry Stone merece muito mais do que um chute no saco. Ele merece que seu pau apodreça pelo que fez à Mal. Mas se ele renunciar à guarda de Avery, ficarei contente com isso. O carma pode cuidar do resto.

CAPÍTULO DOIS

Harry

A primeira coisa que percebo sobre meu advogado, John Gallagher, é que ele tem um grande escritório, com janelas com vista para a cidade e para o Lago Michigan ao longe. Tomara que seu escritório premium signifique que ele vale o preço premium que cobra.

— Harry Stone, é um grande prazer — diz ele, sorrindo, enquanto estende a mão para apertar a minha. — Entre e sente-se.

— É um prazer conhecê-lo, obrigado.

Desabotoo o paletó, tiro-o e o coloco sobre a cadeira de couro ao lado da que estou prestes a me sentar.

— Quando recebi a sua ligação, pedi ao meu assistente para realocar algumas coisas na minha agenda para abrir espaço para você. Não é todo dia que uma lenda do hóquei bate à sua porta.

Balanço a cabeça, já sabendo o que vem a seguir.

— Estou longe de ser uma lenda. Eu só joguei profissionalmente por quatro anos.

Ele arregala os olhos, a descrença brilhando através de sua expressão de veneração.

— Você se aposentou com o quê? Uns vinte e seis anos? Então, você estava na sua melhor forma. Já tinha tudo garantido. E saiu para servir o seu país. Poucos homens são tão nobres.

— Não foi nobre, senti que era o que eu tinha que fazer, só isso.

— E você saiu do exército, uns... cinco anos atrás? Já pensou em voltar para o hóquei?

Rio da ideia.

— Não, nunca. Vou deixar isso para os jovens astros. Tenho trinta e cinco anos agora. Além disso, amo o que faço.

— Vi um artigo sobre a sua empresa na *Chicago Business Monthly*. Parece que você está indo excecionalmente bem.

— Eu tive sorte. — Fecho a mão em punho e olho para baixo por um segundo. — Pelo menos, nos negócios.

John se endireita em sua cadeira e coloca seus óculos de leitura, pronto para fazer negócios.

— Vamos ver se podemos cuidar desse assunto pessoal. E caso você ainda não saiba, tudo discutido neste escritório é estritamente confidencial. Até os meus assistentes assinam acordos de confidencialidade.

Concordo com a cabeça.

— Bom saber.

Ele olha para a pasta aberta em sua mesa.

— Então, sei que não tivemos muito tempo para conversar na semana passada, mas por isso pedi para você vir mais cedo para a nossa reunião hoje. Quando você foi intimado na semana passada sobre a guarda, foi a primeira vez que soube que a criança em questão existia?

Solto um longo suspiro.

— Há cerca de um ano, eu estava saindo com uma cabeleireira. Depois de uns dois meses, ela veio uma noite e me disse que achava que estava grávida. — John faz uma anotação em seu bloco. — Eu disse para ela que precisaria de um teste de paternidade, mas que se fosse meu, eu daria pensão alimentícia.

John acena, faz outra anotação e olha para mim.

— E então?

Dou de ombros.

— Nada. Ela saiu chorando e nunca mais me contatou. Nem retornou minhas ligações. Achei que ela não estava grávida ou que não era meu. Fiquei arrasado pra cacete quando fui intimado na semana passada.

— Porque você não sabia que a criança existia.

— Não, não sabia. — Meu pescoço e ombros ficam tensos pela agitação. — E eu não tenho ideia se ela cuidou de si mesma quando estava grávida, ou se essa criança é mesmo minha. É uma merda isso.

— O primeiro passo será fazer um teste de paternidade — diz John. — Vamos pedir isso hoje, e se a requerente não concordar, vou pedir uma ordem judicial.

— Quem é a requerente? Winter, ou seja lá qual for o nome dela? Por que não é a Mallory que está vindo falar comigo sobre a guarda?

John franze um pouco a testa.

— Liguei para a advogada dela quando você me entregou a papelada. Mallory Crow, a mãe do bebê, faleceu.

Minha boca se abre em um choque.

— Mallory… morreu? — Não consigo acreditar.

John assente.

— E ela contratou uma advogada para organizar para que a amiga dela, Winter Stevens, obtenha a guarda da filha após a morte dela.

Xingo baixinho.

— A papelada dizia que a bebê tem apenas cinco semanas. Quando a Mallory morreu? Como isso foi acontecer?

— Não sei.

Eu me levanto da cadeira e caminho até a janela, sem de fato ver a cidade do outro lado do vidro enquanto olho para fora.

— Então, como vai ser? Ela quer que eu renuncie à guarda? Está atrás de dinheiro?

— Saberemos com certeza quando ela e a advogada chegarem. Mas parece que tudo o que ela está pedindo é para você abrir mão de qualquer reivindicação sobre a criança.

— Mas e se ela for minha?

— Então, nós facilmente seremos capazes de obter a guarda dela, se for isso que você quer.

Estreito os olhos, o sangue bombeando com força.

— Claro que é o que eu quero. Se ela é minha filha, eu a quero agora.

John concorda com a cabeça em compreensão.

— Faremos um teste de paternidade o mais rápido possível. Saberemos em alguns dias se ela é sua.

— E se for minha, eu fico com ela imediatamente?

— Sim. Como pai biológico, se você quiser a guarda da criança e a mãe estiver morta, você vai ficar com a criança assim que a paternidade for determinada. Essa Winter não será capaz de ter a guarda sem provar que você é um pai inapto.

— Isso não será um problema. Então não importa o que Mallory queria? Haverá uma longa batalha judicial?

John nega com a cabeça.

— Pode haver uma batalha judicial, mas é bastante improvável que ela obtenha êxito. O juiz prefere manter as crianças com seus pais biológicos.

Ando de volta para ficar em frente à mesa de John, de onde olho para ele.

— Eu não me importo quanto dinheiro ou quantos advogados forem necessários. Não quero a minha filha com ninguém além de mim por mais um minuto do que for preciso. Se a Mallory se foi, a bebê pertence a mim.

— Primeiro — John me lembra —, precisamos ter certeza de que ela é sua filha. Só quero adverti-lo contra criar um apego emocional a essa criança antes de sabermos. Já vi homens ricos se apegarem e se decepcionarem.

Concordo e me sento, com o nervosismo pulsando através de mim.

— Vou solicitar o teste de paternidade e informar no processo que sou seu advogado, caso precisemos — diz John. — Dessa forma, se houver qualquer pressão da outra parte, estaremos prontos para pedi-lo hoje.

Corro a mão pelo cabelo.

— Como isso foi acontecer? Se a Mallory não tivesse morrido, eu nunca saberia que tinha uma filha. É ridículo pra caralho.

John acena com a cabeça e se levanta de seu assento.

— Teste de paternidade primeiro, Harry. Vou falar com um dos meus assistentes sobre fazer o pedido. Você quer um pouco de café ou água?

— Não, estou bem. A menos que você tenha um copo de bourbon.

Estou meio que brincando. Nunca estive tão estressado como na semana passada, sabendo que há um bebê por aí que pode ser meu. Um bebê cujo nascimento eu não pude testemunhar. Que tem mais de um mês e nunca conheceu o pai.

— Tenho um excelente bourbon. — John põe a mão no meu ombro. — Vou servir um copo depois da nossa reunião.

Ele sai da sala, então eu ando de volta para as janelas, olhando para os pedestres que vivem suas vidas normais. Em menos de uma hora, Winter Stevens subirá aquela rua e entrará no prédio de escritórios que abriga Gallagher, Lane e Morelli. É melhor ela entrar pronta para uma luta. Porque se acha que vou entregar a minha filha, está muito enganada.

Eu não estava pronto para ter filhos. Muitas mulheres tentaram mudar minha opinião sobre crianças, mas sou um CEO bem-sucedido e no meu melhor momento. Eu queria esperar mais alguns anos.

Porém, se há uma garotinha neste mundo que é minha, não vou deixar uma estranha criá-la. Se essa mulher está atrás de dinheiro em troca da minha filhinha, ela vai sentir a minha ira como cortesia da melhor equipe jurídica que o dinheiro pode comprar. E vai acabar de mãos vazias.

Isto é, *se* essa bebê for minha. Mas meu instinto nunca me enganou, e ele está dizendo que é.

CAPÍTULO TRÊS

Winter

Assim que entro nos escritórios de Gallagher, Lane e Morelli, sou escoltada para uma grande sala de conferências, com o pesado bebê-conforto comigo, e meu olhar logo pousa em Harry.

Ele fica de pé quando eu entro na sala com minha advogada, abotoando seu paletó escuro enquanto se levanta. Seus olhos azul-escuros me observam, me avaliando antes de tentar dar uma olhada em Avery.

Ele que se foda. Viro o bebê-conforto para que ele não possa ver o rosto dela. Meu sangue pulsa quando nos encaramos, puro desprezo correndo em minhas veias.

Há uma famosa foto de Harry para a qual ele posou quando jogava no Chicago Blaze. Ele está nu e a foto exibe seu perfil perfeito, esculpido e tatuado, enquanto segura um bastão de hóquei. Depois que ele se alistou no Exército e se tornou muito importante, a foto foi impressa e vendida como um pôster e até usada em um outdoor.

Porém, ele está diferente agora. Seu cabelo escuro está mais curto, e a tatuagem está escondida sob as mangas de seu terno caro. O custo desse terno seria suficiente para mudar minha vida agora. Mas enquanto eu luto para sobreviver, esse idiota pomposo e sem coração não contribuiu com um único dólar para os cuidados da filha.

Minha advogada, Helen, se apresenta ao advogado do Harry. Pedem para que nos sentemos e nos perguntam se gostaríamos de algo para beber, mas só consigo pensar no homem repugnante sentado do outro lado da mesa de conferência. Seu olhar é calculista, e eu sei que ele está tirando todos os tipos de conclusões sobre mim agora.

Puxei meus longos cachos castanho-avermelhados para trás e apliquei um pouco de maquiagem leve para esta reunião, tentando parecer apresentável, mas minha camiseta preta de gola V e jeans usados expõem a situação em que me encontro. Sou apenas uma mulher comum de Southside Chicago.

— Posso vê-la? — ele me pergunta, com um tom de voz exaltado.

Olho para Helen para ver se tenho que atender ao pedido dele. Ela arqueia as sobrancelhas e gesticula em direção ao bebê-conforto de Avery, que está no chão ao meu lado.

Com um suspiro pesado, encaro Harry antes de pegar o bebê-conforto e colocá-lo na mesa de conferência de frente para ele.

Sua expressão muda na mesma hora, amolecendo enquanto estuda o cabelo preto e os olhos azuis de Avery. Ela está usando um body cor-de-rosa, calça de algodão cinza e uma faixa cor-de-rosa com um laço em cima. Harry parece apaixonado por ela — o que é irônico, já que ele poderia ter estado em sua vida o tempo todo, mas optou por não fazer isso.

— Qual é o nome do meio dela? — ele questiona.

— Rose. O nome dela é Avery Rose.

— Posso segurá-la? — ele me pergunta.

— Não — retruco.

Seus olhos se estreitam. Ele está prestes a responder quando seu advogado interrompe.

— Vamos esperar, Harry.

Viro-me para Helen, com o coração martelando. O que ele quer dizer, *esperar o quê*? Só estamos ali para assinar os documentos e então Avery e eu vamos embora.

— Você teve a chance de rever a proposta que enviei? — Helen pergunta a John, o advogado de Harry.

— Tive. Gostaríamos de começar com um teste de paternidade.

Suspiro alto enquanto Helen faz uma anotação em seu bloco de notas.

— Um teste de paternidade? — Faço uma careta para Harry. — Você acha que a Mallory estava mentindo?

Helen me repreende com o olhar, como se eu não pudesse nem me atrever a falar. Mas que se foda. Meu mundo inteiro está em jogo agora.

— Eu nem sabia que ela estava grávida — responde Harry.

— Mentira. Ela foi ao seu apartamento e te contou.

— Ela disse que achava que *poderia* estar. Depois, eu nunca mais ouvi falar dela de novo.

— Pois é, porque você agiu como um babaca.

— Tudo bem. — John ergue a mão. — Vamos manter o foco. — Ele olha para Helen. — Você tem alguma objeção a um teste de paternidade?

Ela nem me pergunta antes de responder:

— Não.

— Bem, *eu* tenho uma objeção — eu digo com veemência. — Onde ele esteve esse tempo todo?

— Eu não sabia sobre o bebê — ele protesta, com uma expressão de acusação em seu rosto.

Reviro os olhos.

— Porque você fugiu, idiota.

— Winter — Helen adverte.

Cubro o rosto com as mãos e respiro fundo, depois olho para minha advogada.

— Então, o que acontece quando o teste de paternidade provar que ele é o pai, o que ele *com certeza é*?

Helen me dirige um olhar solidário e meus olhos se enchem de lágrimas resignadas. Estou tão cansada e desgastada, e não era assim que era para acontecer.

— Vamos falar sobre isso quando chegar a hora — Helen diz.

É humilhante chorar agora, mas não posso evitar. Avery é tudo o que tenho.

— Mas quando o teste mostrar que ele é o pai dela...

— Quero a guarda da minha filha — Harry afirma. Me viro para ele, meus lábios se separando em horror.

— Por que agora? Por que está fazendo isso? Você não esteve aqui esse tempo todo, nem quando Mal descobriu que estava grávida, nem quando ela descobriu que estava doente, nem quando Avery nasceu...

Ele faz uma careta para mim.

— Já disse que eu não sabia sobre ela.

John pigarreia.

— Nós gostaríamos de...

Avery interrompe o momento com um choro alto, se balançando e se agitando e, por fim, silenciando o advogado de Harry. Me levantando da cadeira, tiro-a do bebê-conforto e pego sua mamadeira na bolsa de fraldas. Enquanto balanço Avery para a frente e para trás, mantendo a mamadeira estável, não posso deixar de olhar para o homem que há muito tempo ganhou o apelido de Harry Sacana entre as mulheres.

Sua expressão é, de alguma forma, surpresa e admirada ao mesmo tempo. Como se ele quisesse segurá-la, mas tivesse medo.

Não que eu estivesse planejando deixá-lo fazer isso.

Continuo tentando oferecer a mamadeira à Avery, mas ela continua a chorar. Momento mais inapropriado de todos os tempos. Já estou perturbada com a ideia de Harry querer um teste de paternidade e a guarda, e agora nossa reunião é interrompida porque não consigo acalmar Avery.

— Por que ela está chorando tanto? Você ao menos sabe o que está fazendo? — Harry indaga. — Você já cuidou de um bebê antes?

Me viro para ele, estreitando os olhos.

— Você está falando sério? Vai se foder, seu filho da mãe narcisista.

O próximo lamento de Avery é de perfurar os ouvidos. Eu me viro e lanço a Helen um olhar suplicante.

— Posso sair por um minuto? — pergunto a ela. — Preciso checar a fralda e andar com ela um pouco.

— Claro. Eu cuido dos detalhes aqui. Fique tranquila.

Pegando a bolsa de fraldas, dou a Harry mais um olhar enojado antes de sair da sala com Avery. Enquanto ando para o banheiro, ela finalmente começa a se acalmar. Abro a mesa de troca, cubro com um papel descartável e logo troco sua fralda, minhas mãos tremendo o tempo todo e lágrimas escorrendo das minhas bochechas para o papel.

Não quero voltar àquela sala de conferências. Quero correr — para longe deste prédio, e depois para fora desta cidade.

Não posso perder Avery. Mallory queria que *eu* a criasse. E perdê-la para Harry? O homem que partiu o coração da Mal? Meu estômago embrulha com um sentimento de enjoo e tristeza enquanto levanto Avery, pego a bolsa de fraldas e a levo para uma área de descanso para alimentá-la.

Depois de alimentá-la e colocá-la para arrotar, não posso mais procrastinar e volto para a sala de conferências. Helen, John e Harry estão todos de pé, terminando a reunião. Ainda bem que não preciso mais olhar para a cara idiota de Harry, mas também estou confusa quando coloco Avery no bebê-conforto e Helen se despede de Harry e John. Helen só explica as coisas quando saímos. Tenho que levar Avery a um laboratório nas próximas vinte e quatro horas para que possam retirar uma amostra para o teste de paternidade. O resultado estará pronto em alguns dias. E se Harry for o pai de Avery, não tenho chance de ficar com ela.

— Podemos tentar brigar se você quiser, mas será uma batalha longa e cara — ela me adverte. — E é provável que o juiz dê a guarda a ele nesse ínterim. — Ela olha para o relógio. — Tenho que ir a uma audiência. Qualquer coisa entro em contato.

Estou absolutamente atordoada enquanto olho Helen indo embora. Pensei que a morte da Mal fosse o fundo do poço, mas então fui despejada. Ser sem-teto parecia o pior cenário, mas agora sei que não é.

Pedestres apressados manobram ao meu redor enquanto eu saio devagar do prédio alto e brilhante do escritório de advocacia, com o bebê-conforto na mão. Não posso deixar Harry me ver chorando de jeito nenhum quando ele sair.

Ele vai voltar para seu escritório, presunçoso e vitorioso, enquanto eu uso ao máximo o escasso dinheiro que recebi por vender minha última bolsa para um amigo hoje cedo — o suficiente para pegar um Uber para casa, algumas fraldas e uns itens essenciais.

Harry Stone é um idiota nojento e desprezível. Não sei como poderei entregar a pequena Avery a ele. Só me resta uma pessoa com quem posso falar. Ela está a muitos estados de distância, mas eu nunca precisei tanto ouvir a voz da minha irmã.

CAPÍTULO QUATRO

Winter

— Oi — Aubrey diz quando atende minha ligação.

— Oi. — Fico engasgada. — Como você está?

— Winter, está tudo bem? O que está acontecendo?

Minha irmã sabe que Mallory faleceu e que eu tenho criado Avery. Mas não contei a ela sobre minha terrível situação financeira. E nem planejo. Ela é recém-casada e vive na Califórnia, grávida de seu primeiro filho. Aubrey sempre me apoiou, mas não consigo pedir dinheiro a ninguém — até mesmo a minha irmã.

Na verdade, ela é minha meia-irmã — temos o mesmo pai, que faleceu há alguns anos, e ela é a única que tenho. A única família que tenho, na verdade.

Conto sobre minha reunião no escritório do advogado para ela, chorando a maior parte.

— Que barra — ela fala, baixinho. — Tanto emocional quanto legalmente, quero dizer.

— Pois é, minha advogada disse que não devo ganhar se for para o tribunal.

— Embora eu odeie dizer isso, provavelmente é verdade.

É um duro golpe vindo de Aubrey, a ex-advogada de família. Minha irmã é persistente, e se houvesse uma chance de eu conseguir a guarda de Avery, ela me diria.

— Sou a única pessoa que ela conhece — digo, enxugando lágrimas das bochechas. — E ela já é o meu mundo inteiro.

— Sinto muito. Eu só não entendo por que Mallory não foi honesta com ele. Se ele é o pai da Avery, merecia saber.

— Pelo que ele diz, ela nunca contou para ele com certeza, só disse que achava que estava grávida.

— Você acredita nele?

— Acho que sim, mas ele deveria ter se esforçado mais para localizá-la e ter certeza.

— Sei que isso não é o que você quer ouvir — diz, baixinho —, mas ela deveria ter sido mais persistente e dito a ele quando confirmou. Se ela tivesse contado, você não estaria nessa situação.

— Se ela tivesse contado, Harry estaria esperando no nascimento da Avery para usar todo o seu dinheiro e tomá-la de Mal.

— É possível — Aubrey admite. — Você passou por tanta coisa, Winter. Precisa de algum tempo para se recuperar. Ainda nem passou pelo luto pela Mallory.

— Acho que vou ter tempo agora — falo, lutando contra mais lágrimas.

— Você precisa de mim? Posso voar até aí para te ajudar a passar por isso, para você não ficar sozinha.

Eu sorrio com tristeza.

— Não, mas obrigada. Não há nada que você possa fazer.

— Eu posso ajudar com a Avery. Você parece que precisa de uma boa noite de sono.

— Agradeço muito, de verdade, mas quero estar com ela a todo minuto que puder, já que devo perdê-la.

A cabeça de Avery está inclinada na minha direção e ela resmunga enquanto balança os braços e pernas ao redor do cobertor no chão da sala. Ando até ela, me sentando para acariciar seu cabelo macio e escuro.

— Você terá isso de novo algum dia — Aubrey responde. — Você vai ter bebês com um homem pelo qual estará apaixonada. Sei que não será exatamente a mesma coisa, mas a verdade é que Mallory te deixou em uma situação terrível. Era para ela lidar com essa coisa com Harry, não você.

— Eu sei, mas ela estava morrendo.

Aubrey suspira.

— A situação toda é uma droga. Deve ter sido muito difícil para ela, sabendo que nunca conseguiria ver a filha crescer.

Caio no choro novamente enquanto passo o dedo indicador na bochecha macia e gordinha de Avery.

— Acho que vou para aí.

— Não — digo, tentando me recompor. — Eu te ligo se precisar falar, mas estou bem, sério.

Estou longe de estar bem, mas eu ficaria envergonhada se minha irmã viesse aqui e descobrisse que estou à beira de virar sem-teto.

— Tudo bem, escute. Vou te dizer uma coisa que eu costumava dizer aos meus clientes. Não se precipite. Você ainda não tem o resultado do teste. Hoje você tem a Avery. Concentre-se nisso. Viva um dia de cada vez. Uma hora de cada vez, se for preciso. Você vai superar isso.

— Obrigada, sei que você tem razão. É bom só ouvir a sua voz e não me sentir tão sozinha.

— Você nunca está sozinha. Estou sempre aqui, tá bom?

— Sim, eu sei. Digo o mesmo.

Os olhos de Avery começam a se fechar.

— Ei, Avery está começando a dormir, então vou ver se consigo dormir um pouco também.

— Boa ideia. Me ligue mais tarde, se precisar, tudo bem?

— Tudo bem. Obrigada, Aubrey.

— Eu te amo.

— Também te amo.

Desligamos e eu me deito no sofá. Enquanto durmo, me pego esperando, até mesmo rezando, que Mallory estivesse errada sobre a paternidade de sua filha. Essa é a única chance que me resta de ficar com Avery.

CAPÍTULO CINCO

Harry

Quatro dias depois

Jogando uma chave de fenda no sofá, desabo ao lado dela, exalando fundo. Depois de várias horas montando coisas de bebê, eu poderia beber um copo de bourbon e ganhar um boquete.

Mas hoje não. Winter vai trazer Avery para minha casa em alguns minutos. Recebemos o resultado do teste de paternidade ontem à tarde. Sou oficialmente pai.

Fiquei chocado ao perceber o quanto me senti aliviado ao descobrir que Avery é minha filha. Não achei que estivesse pronto, mas depois de olhar para ela, quis que aquela garotinha fosse minha.

Eu sei o que estou fazendo? Claro que não. Mas sobrevivi a duas expedições no Oriente Médio. Levei tiros, fui bombardeado e emboscado por terroristas e vivi para contar a história. Acho que posso descobrir como cuidar de uma criança.

Pesquisei no Google o que as pessoas costumam precisar para um bebê assim que recebi o resultado, e, caramba, acho que estou no negócio errado. Fiz um pedido de entrega no mesmo dia de tudo o que os pais disseram que seria útil ou indispensável, e gastei milhares de dólares.

Minha sala parece uma exposição de equipamentos de bebê. Comprei uma cadeirinha de descanso manual e uma elétrica, uma cadeirinha portátil, um cercado, dois tapetes de atividades diferentes, um assento de carro, um carrinho de bebê, um berço e pilhas e mais pilhas de roupas, fraldas, lenços umedecidos e outros suprimentos com os quais não tenho certeza do que fazer.

Ainda preciso montar o berço, mas acho que farei isso enquanto ela dorme. Bebês dormem o tempo todo.

Não era assim que eu planejava ter um filho. Pensei em me casar um dia, me divertir tentando engravidar minha esposa e depois cuidar dela enquanto ela estivesse grávida. Porém, Avery está aqui agora, e ela é minha. Sem Mallory, tenho que achar um jeito de ser tudo o que ela precisa.

Minha mãe vai enlouquecer. Ela me implora por um neto desde que fiz trinta anos. Mesmo que ela more na Califórnia, sei que pegará o primeiro voo para Chicago quando eu disser que ela é avó, mas ela está no meio de uma viagem de cinco meses pela Europa e Ásia. Ainda assim, será bom fazer essa ligação para ela.

Não consigo ficar parado por muito tempo, estou nervoso demais. Depois que me levanto do sofá, volto para o quarto e coloco uma camiseta limpa, parando para checar meu cabelo no espelho do banheiro.

Suponho que Avery não saiba diferenciar cabelo arrumado de cabelo bagunçado, mas eu ainda quero causar uma boa primeira impressão.

Ouço uma batida suave à porta e meu coração acelera. Para minha surpresa, Winter está alguns minutos adiantada. Estava preocupado que ela não aparecesse, mesmo que a sua advogada tenha dito ao meu que ela estaria aqui.

Assim que abro a porta, minha animação desaparece. Winter está horrível. Seus olhos estão vermelhos e inchados, os círculos escuros sob eles destacando sua pele pálida. A mulher impetuosa que conheci no outro dia no escritório do meu advogado desapareceu e em seu lugar está uma mulher derrotada, de coração partido.

Minha intenção não foi acabar com ela. Avery é minha filha, e ela pertence a mim, mas não posso deixar de me sentir mal pela Winter.

— Oi, entre — digo, pegando o bebê-conforto.

Ela o segura por mais um segundo antes de soltá-lo. Fecho a porta e coloco o bebê-conforto no chão.

Avery está olhando para mim, com os olhos brilhantes. Eu me agacho, engolindo em seco contra o nó na minha garganta. Esta menina perfeita é minha filha. Acabamos de nos conhecer, e eu já andaria no fogo por ela.

— Pode deixar que eu a tiro — Winter diz, com a voz nasalada de tanto chorar.

Meu interior se revira com uma animação tensa e condolência, enquanto ela se abaixa e desafivela as alças do assento, então desliza as mãos para trás de Avery para pegá-la.

— Você tem que apoiar a cabeça dela — me orienta, com os olhos verdes inchados e sérios. — O tempo todo. E há um ponto fraco na cabeça que ainda não se firmou. Seja gentil.

Concordo assentindo e estendo as mãos, ansioso para segurar minha filha. Winter a passa para mim, apoiando a cabeça de Avery no meu bíceps. Ela se mexe e murmura, seus olhos brilhantes e alertas.

Não consigo evitar, e algumas lágrimas deslizam pelas minhas bochechas. Este momento é mais emocionante do que eu poderia ter imaginado. Esta é a *minha* garotinha, com meu sangue nas veias. Há tanta coisa que quero dizer a ela, mesmo que ela não entenda nada disso.

— Ela é um bebê muito tranquilo — Winter continua, se voltando para a bolsa de fraldas que deixou no chão. — As mamadeiras e fórmula infantil estão aqui. Você tem que ferver a água ou comprar um tipo especial... eu escrevi tudo. E tem que lavar as garrafas muito bem. Se você comprar novas, ferva, assim como os bicos. — Ela suspira de leve. — Está tudo no livro. Certifique-se de ler o livro.

— Que livro?

Ela tira uma cópia desgastada de um livro chamado *O Que Esperar do Primeiro Ano.*

— Por favor, leia — ela fala, com uma nota de urgência em seu tom.

— Pode deixar.

— Não a coloque para dormir de barriga para baixo. Nunca faça isso.

— Tudo bem.

Ela separa as coisas no saco de fraldas sem motivo, e tenho a nítida impressão de que não consegue olhar para mim. Ou para Avery. Ou talvez para nós dois.

— Escrevi o meu número dentro da capa do livro. Se precisar de algo para ela, *qualquer* coisa, não importa que hora seja... — Sua voz fica embargada de emoção e ela para abruptamente de falar.

— Winter... — digo baixinho. — Ei.

Ela olha para mim, com lágrimas nos olhos.

— Você pode vir vê-la a qualquer hora.

— Sério? — Sua voz falha.

— A qualquer hora. Anotei o meu número para você também. — Coloco a mão no bolso e passo um pedaço de papel com meu número nele. — Vou cuidar bem dela, prometo.

— É só que... ela está acostumada *comigo* — Winter fala, olhando para o chão. — Sou a única pessoa que esteve ao seu lado, desde o dia em que ela nasceu. A Mal estava tão doente que ela não conseguiu nem mesmo segurá-la.

— Sinto muito. — Me sinto mal de verdade. — Se eu soubesse...

Winter limpa as bochechas, estende a mão para o saco de fraldas e tira sua carteira.

— Agora já foi. Eu amo a Avery, mas não posso pagar uma batalha judicial, e eu não ganharia, de qualquer maneira.

Eu não falo nada, porque percebo que Winter mal está aguentando e não quer perder mais a compostura na minha frente. De repente, Avery começa a se agitar e eu olho para ela.

— Você tem que andar — Winter explica.

— Andar?

— Ela gosta de quando andamos, ela se acalma. — Ela olha ao redor da minha sala pela primeira vez. — Pode ser que ela goste da cadeira de descanso.

Ela me mostra como segurar Avery com o peito no ombro para que ela possa olhar atrás de mim enquanto ando. Caminho com ela pela sala e volto, e dá certo.

— Viu só? — Sorrio para Winter. — Encantador de bebês.

Winter sorri sem alegria.

— Preciso ir.

— Você quer dizer tchau para ela?

Ela balança a cabeça com firmeza.

— Eu já me despedi.

— Por que não vem vê-la amanhã? — ofereço.

Ela pisca, quase como se não acreditasse que eu ofereci mesmo.

— Sério?

— Sim. Sei que você me odeia, mas agradeço o que fez. Pela Mallory e pela Avery. Eu não quero tirá-la da sua vida.

Winter sorri, embora seja um sorriso agridoce.

— Obrigada. Porque eu estava pensando, se você precisar de uma babá... Quero dizer, não quero que você me pague. Só... me ligue sempre que precisar de ajuda, tudo bem?

— Pode deixar.

Ela coloca a mão na maçaneta da porta e olha para nós.

— Então, vou te mandar uma mensagem amanhã sobre vir aqui — ela diz.

— Ótimo. Tirei o dia de folga, então qualquer hora é boa.

Ela balança a cabeça e vira a maçaneta, abrindo a porta e olhando para o corredor.

— Lembre-se de apoiar a cabeça dela quando a pegar ou segurá-la. E não coloque nenhum cobertor no berço.

— Pode deixar.

Ela respira fundo.

— Tudo bem, estou indo.

— Está bem.

Ela permanece congelada em frente à porta aberta.

— Não a deixe com pessoas aleatórias, Harry.

— Eu nunca faria isso — digo, indignado.

— E não dê mel para ela até que tenha pelo menos um ano de idade.

— Entendi.

Ela dá um passo para fora, mas para outra vez, ainda sem olhar para trás.

— Prometa que vai pegá-la quando ela estiver chorando — ela pede, prendendo a respiração.

— Prometo. Vamos ficar bem, Winter. Você vai ver quando vier amanhã.

Ela acena e fecha a porta. Solto o ar e murmuro para Avery:

— Ela é meio tensa, hein?

O pacotinho macio e leve nos meus braços murmura novamente, e não posso deixar de me sentir sufocado de emoção.

Basicamente, estou fodido. Minha filha vai conseguir o que quiser do pai sem muito esforço. Para um garoto, acho que eu poderia dizer não às vezes. Mas não para esta menina fofa e doce.

— Quer sentar e tomar uma cerveja? — pergunto a ela. — Talvez assistir a um pouco de beisebol da pré-temporada?

Eu a coloco em uma das cadeiras e a ligo, o pacote completo com música, show de luzes e vibrações. Ela fica hipnotizada.

Sorrindo para ela, entro na cozinha para tomar uma cerveja, estourando a tampa enquanto volto para a sala.

— Somos fãs dos Cubs, a propósito — digo a ela. — Comprei um boné e uma camisa para você para usar quando assistirmos aos jogos, mas ainda não chegaram.

Avery ainda está olhando para as luzes acima de sua cabeça, admirada. Ligo a televisão no jogo, enfim repousando e relaxando. Vai ser uma tarde tranquila em nossa casa.

Winter estava estressada por nada. Eu consigo fazer isso.

CAPÍTULO SEIS

Winter

Eu me assusto com o barulho estridente do toque do meu celular. Pegando o aparelho, vejo que são três da manhã. Acabei de dormir por sete horas seguidas, não durmo tanto desde antes de Avery nascer.

Vejo o nome do Harry na tela. Admito que gravei o número dele no meu celular assim que cheguei em casa depois de levar Avery para a casa dele. Minha reação ao ver que ele está me ligando às três da manhã não é nada menos que de pânico.

— Harry! — grito ao atender. — Avery está bem?

— Eu não sei. — Ele parece exaltado. — Ela está chorando há quatro horas. Só parou uma vez por cinco minutos. Tentei pegá-la e andar. Tentei as duas cadeirinhas e o carrinho. Eu a alimentei, troquei, coloquei para arrotar, balancei, implorei... Não sei mais o que fazer. O que devo fazer?

O som de Avery chorando ao fundo faz com que cada instinto dentro de mim queira confortá-la. Sempre fui até ela quando ela chorava. Me sinto impotente estando tão longe.

— Ela está quente? — pergunto a Harry.

— Hã... um pouco? Mas não sei se é por causa dos gritos e de tanto chorar. — Ele resmunga de frustração. — Meu Deus, como algo tão pequeno faz tanto barulho?

— Quer que eu vá aí? — ofereço, já fora da cama e pegando um moletom.

— Sim, você consegue? Tirei o dia de amanhã de folga, mas preciso ir para uma reunião. Estou começando a me perguntar se vou conseguir dormir.

— Só a segure e ande por aí até eu chegar. Já estou saindo de casa.

Pegando minha carteira e colocando um par de chinelos, corro para fora de casa. Não importa que eu esteja usando short de dormir e blusa sem sutiã debaixo do moletom, ou que meu cabelo pareça como se eu tivesse sido eletrocutada. Avery precisa de mim.

Nada como o som dela chorando para me tirar voando da cama. Me sinto energizada, como se pudesse correr até o apartamento do Harry agora só para chegar até ela. Ele não tem ideia do que está fazendo. Pode ter ignorado minhas instruções e estragado a mamadeira dela, ou a colocado para arrotar do jeito errado.

O apartamento dele fica a uns dezesseis quilômetros daqui, então correr está fora de questão. Em vez disso, chamo um Uber e ando de um lado a outro na calçada do prédio enquanto espero. Encontro um elástico no bolso do moletom e prendo meu cabelo em um coque selvagem em cima da cabeça.

O motorista do Uber está tão tranquilo que está quase dormindo. Tenho que me forçar a não dizer a ele para dirigir mais rápido ou para parar e me deixar dirigir.

Claro que paramos em todos os semáforos, e assim que chegamos ao apartamento do Harry, estou prestes a arrancar minha pele em agonia.

— Chegamos — o motorista anuncia enquanto desacelera até parar. — Parece que este lugar...

— Obrigada — digo, saio do carro e corro para a porta da frente do prédio de Harry.

Mesmo a esta hora, há um porteiro com um uniforme perfeitamente passado na entrada principal.

— Está aqui para ver o sr. Stone? — ele me pergunta.

Não posso deixar de sorrir e zombar, apesar do meu estresse.

— Mulheres malvestidas geralmente estão *saindo* da casa dele a esta hora, não *chegando*, né?

O porteiro tenta suprimir um sorriso, mas vejo os cantos dos lábios se contraírem. No entanto, ele não precisa dizer nada, nós dois conhecemos a reputação de Harry de galinha que tem uma porta giratória no quarto.

— Você está liberada para pegar o elevador até o andar dele — o porteiro fala, sua expressão estoica de volta ao rosto.

Corro pelo chão de pedra lisa do grande saguão do prédio do Harry. Quando eu trouxe Avery, tive que mostrar minha identificação na recepção e a mulher digitou um código, me permitindo selecionar o andar de Harry no elevador. Pelo menos sei que Avery está segura aqui.

Bem, a salvo de todos, menos do próprio pai, que pelo visto nunca esteve perto de um bebê antes. Quando chego à cobertura e bato à porta, ele a abre de imediato, com Avery gritando, de rosto vermelho, em seus braços.

— Ela é tipo um bebê demônio — ele diz, com a voz exasperada, enquanto vou pegá-la no colo. — Nada do que eu faço a acalma para ela parar de gritar.

Harry está sem camisa, vestindo nada além de uma cueca boxer. Minha mão resvala em seu peito tatuado, enquanto tiro Avery de seus braços, e eu sinto uma cintilação de calor entre minhas coxas. Meu Deus, faz muito tempo desde que fui tocada por um homem. Até o Harry Bosta Stone está me afetando.

— Shh — cantarolo para Avery. — Estou aqui agora, está tudo bem.

Harry fecha a porta e se recosta nela, jogando a cabeça para trás enquanto suspira. Seu cabelo está bagunçado e sua expressão, abatida. Suprimo um comentário sarcástico sobre ele ser um encantador de bebês.

— Quando foi a última vez que ela faz cocô? — pergunto a ele. — Ela pode estar constipada.

Ele caminha até o sofá e se senta, colocando a cabeça entre as mãos.

— O que fazemos quanto a isso?

— Você não vai querer saber — respondo, me encolhendo ao me lembrar do que li sobre estimulação retal no meu livro de pais. — Mas precisamos esperar um pouco mais antes de assumirmos que é isso.

Balanço Avery nos braços e ela se acalma um pouco.

— Merda — Harry murmura. — Horas de bebês chorando seria uma ótima maneira de acabar com o inimigo quando o interrogamos.

— Onde está a Bibi dela? — pergunto, enquanto Avery se agita em meus braços, um sinal de que vai começar a gritar de novo.

Harry se vira para mim com uma careta confusa.

— Onde está o quê?

— A *Bibi*. É roxa e branca. A de reserva é amarela.

— Eu não tenho ideia de que merda você está falando.

Franzo a testa para ele do outro lado da sala.

— A *chupeta*, Harry. Você não testou a Bibi?

Ele joga as mãos para o ar, uma visão seminua, musculosa e tatuada de puro desespero.

— Eu nem sei onde está.

— Coloquei as duas na bolsa de fraldas. Você não leu as minhas anotações?

Avery chora, e eu gentilmente a balanço enquanto ando até a bolsa de fraldas. Harry já está lá, cavucando às pressas.

— Estive ocupado.

Reviro os olhos.

— Ocupado com um bebê chorando que poderia ter sido acalmado com a Bibi.

Harry pega o pote hermético com que a empacotei, tira a chupeta roxa e branca e a segura na frente de Avery.

Balançando a cabeça, olho para ele.

— Ela é um *bebê*. Ainda não consegue agarrar sozinha.

Trocando Avery de braço para deixar um deles livre, pego a chupeta e coloco na boca de Avery, segurando-a até que ela seja presa por seu reflexo de sucção.

Ela para e se acalma de imediato, seus olhos aos poucos se fechando de exaustão.

— Porra, só pode ser brincadeira, né? — Harry parece indignado. — Só isso que eu precisava fazer?

— *Shh* — silvo de leve. — Ela não está dormindo ainda.

— Então eu só preciso dar isso quando ela não parar de chorar? — ele sussurra, passando a mão pelo cabelo.

— Nem sempre — sussurro de volta. — Às vezes ela precisa comer, ser trocada ou ficar no colo.

Ele balança a cabeça, olhando para o relógio na parede.

— Eu tenho que levantar para ir à academia em duas horas.

— Academia? O que planejava fazer com ela? Você não pode deixá-la em casa sozinha, Harry.

— Eu sei disso — ele responde depressa, sua voz ainda baixa para não acordar Avery. Pelo menos ele entendeu o que tem que fazer. — Eu ia levá-la comigo.

— Você está maluco? O que faria com ela enquanto estivesse lá? Você a levaria para cada aparelho? E se ela começasse a chorar?

Ele dá de ombros

— Há muitas mulheres na academia.

Meus olhos se arregalam quando entendo o que ele quer dizer.

— Só porque alguém tem um útero não significa que queira cuidar do seu bebê — repreendo, mal mantendo a calma. — Ou que você deva confiar nelas com a Avery.

— Eu ficaria de olho nela. Todas as mulheres amam bebês.

Minha vontade de socá-lo é forte. Porém, tenho que continuar balançando Avery, então fecho os olhos e tento pensar em coisas reconfortantes. Mas depois de alguns segundos, meus olhos se abrem novamente.

— Você disse que ia para uma reunião amanhã, ou hoje, tanto faz. O que ia fazer com ela?

Ele dá de ombros outra vez, com descaso.

— Minha secretária vai cuidar dela.

— Meu Deus! — Fecho os olhos de novo, esperando que o balançar não acalme apenas Avery, mas a mim também.

— Qual é o problema? — Harry pergunta. — Eu sou o dono da empresa. Se cuidar da minha filha por algumas horas é o que preciso que minha secretária faça, ela vai fazer.

— Eu vou ficar aqui com ela — ofereço. — Ela está exausta. Você vai dormir um pouco e.... faça o que for preciso. Vou cuidar dela até que você termine.

— Sério?

— Claro. Ela é um bebê de cinco semanas, Harry, não um cachorrinho. Você não pode simplesmente carregá-la para todos os lugares que for e entregá-la para as pessoas. Você não vai querer que ela fique doente com tantos germes.

— Obrigado — ele diz, ignorando tudo o que acabei de apontar, exceto minha oferta de ajuda. — Há um quarto de hóspedes no final do corredor onde você pode ficar.

Olhando ao redor para as coisas de bebê em sua sala de estar, indago:

— Você pode colocar o berço lá para a Avery?

Ele me lança um olhar confuso.

— Claro. E o berço é o que mesmo?

— A grande coisa retangular, ali, com a renda branca e babado por toda parte — digo enquanto aponto.

Ele revira os olhos, mas leva o berço para o quarto, me dando uma visão nítida de seus músculos flexionados nas costas enquanto o carrega.

Droga. Harry Sacana pode ser um completo babaca e um burro sobre bebês, mas ele ainda tem o mesmo corpo gostoso que tinha quando sua foto foi tirada para aquele pôster. Na verdade, ele está ainda mais gostoso agora, com uma cicatriz de vários centímetros de comprimento ao longo das costas, começando na lateral do seu corpo.

Depois de mover o berço, ele volta para a sala de estar e olha para mim com expectativa.

— Tudo certo?

Assinto.

— Vou capotar — ele avisa com um bocejo, se virando para voltar pelo corredor.

Eu não o olho desta vez, porque meu olhar está preso na pequena Avery. Ela está apagada, provavelmente sonhando com um mundo onde todos sabem para que as chupetas servem. Senti saudade do rostinho perfeito dela, e não ficamos separadas nem por vinte e quatro horas.

Embora ache que ela dormiria algumas horas no berço agora, me sento na cadeira reclinável e confortável de couro na sala de Harry e a balanço.

Avery está de volta aos meus braços, e tudo parece certo de novo. Tudo, exceto o homem das cavernas idiota no corredor. Eu ainda desprezo Harry, mas me pego pensando em como ele estava só de cueca.

Ele pode ser um idiota, mas tenho que confessar: ele é muito gostoso.

CAPÍTULO SETE

Harry

Solto a gravata assim que saio do elevador, tentando decidir se estou com vontade até mesmo de comer antes de dormir. Estou arrasado, mas também faminto.

Minha ida ao escritório para uma reunião pela manhã se transformou em um dia inteiro de trabalho depois que um de nossos advogados me disse que estou sendo processado.

Minha *empresa* está sendo processada, mas já que sou o dono, para mim é a mesma coisa que ser processado pessoalmente. Processado por dar prioridade à contratação de veteranos, porque um idiota que nunca serviu e não foi contratado diz que estou discriminando não veteranos.

Estou com um monte de pensamentos sobre este processo de merda, e a maioria deles começa com a palavra *porra*. Mesmo que meus advogados me assegurem que o processo não tem chance de vitória, estou puto. O dinheiro que gasto defendendo a empresa contra essa bobagem é dinheiro que não posso reinvestir em veteranos.

Digito o código para a porta do meu apartamento e a abro em silêncio. Se Avery está dormindo, a última coisa que quero fazer é acordá-la.

Contudo, ela não está dormindo. Quando entro, vejo Winter sentada em uma cadeira reclinável, conversando docemente com minha garotinha fascinada, enquanto a balança para a frente e para trás.

Avery está enrolada como um burrito em um cobertor amarelo, com os olhos arregalados e fixada no rosto de Winter. Jogo as chaves em uma mesa perto da porta e caminho até elas, tirando o paletó e o colocando sobre a parte de trás do sofá.

— Oi, como estão? — pergunto a Winter.

Quando ela desvia o olhar do rosto de Avery, sua expressão de afeição e felicidade se transforma em... tristeza. Ela está chateada por eu ter chegado em casa, o que me faz sentir uma merda.

— Foi um dia ótimo — ela diz, baixinho. — Dei um banho nela há algumas horas, e ela comeu uns trinta minutos atrás.

— Desculpa estar tão atrasado. Surgiram coisas inesperadas no trabalho.

— Está tudo bem. Eu pude passar mais tempo com ela.

Para uma mulher que é toda afiada na minha presença, Winter claramente tem um forte vínculo com Avery. Ela é mais terna perto dela. Até mesmo bela. Ela é uma daquelas raras mulheres que é deslumbrante bem como é — pele clara e livre de maquiagem para que eu possa ver as sardas salpicadas por seu nariz, e seu cabelo puxado para cima em cachos desordenados.

Ao se levantar da cadeira, Winter estende Avery para mim. Eu pego o pacotinho que é minha filha, que tem o mesmo efeito em mim que em Winter. Amoleço por dentro no mesmo instante.

Ela cheira a talco recém-passado. Quando olha para mim e murmura em reconhecimento, esqueço como estou exausto pela noite passada.

— Fiz algumas mamadeiras para você — Winter avisa. — Estão na geladeira e deixei instruções no balcão de como aquecê-las.

— Está bem. Obrigado — digo, enquanto uma pergunta aleatória me vem à mente. — Como você trabalhava?

Ela franze a testa e olha para mim, confusa.

— Por causa da Avery, quero dizer. Como conseguiu trabalhar esse tempo todo?

— Ah. — Ela dá de ombros. — Eu não consegui. Não trabalho há meses, porque Mallory precisava de mim quando estava doente. E então Avery precisou de mim depois que nasceu.

— O que você faz para viver?

— Sou cabeleireira.

— Humm.

Ela me dá um olhar sarcástico.

— Vá em frente e diga. Você está pensando que sou uma pobre plebeia comparada com o grande e poderoso Harry Stone.

— Não, estou pensando que cabeleireiras devem ter que ser simpáticas e agradáveis.

Winter debocha.

— Você acha que não sou simpática? Sou *muito* legal com qualquer um que não seja um idiota.

Resisto à vontade de responder à altura. Quanto mais averiguo, mais entendo por que Winter me odeia. Ignorando seu comentário, pergunto:

— Como pagava as contas? Você tem se sustentado com as suas economias todos esses meses?

Sua expressão muda de raiva para... derrota, e eu percebo que, sem querer, atingi um ponto fraco.

— Tem sido difícil — ela admite. — Na verdade, estou no processo de ser despejada do meu apartamento.

— Ah, merda. Sinto muito.

Ela me encara.

— Eu não quero a sua pena. Há coisas pelas quais você *deveria* sentir muito, mas você não entende. De jeito nenhum.

Avery faz um grunhido descontente, como se sentisse a tensão na sala, e eu a movo para descansar no meu peito como Winter me mostrou, para que ela possa ver por cima do meu ombro.

— Olha, eu não sou o idiota cruel que você pensa que sou. Mallory e eu só estávamos saindo há alguns meses quando ela me disse que achava que estava grávida. Eu disse para ela que a apoiaria financeiramente se...

— Ela não estava atrás do seu dinheiro — Winter dispara.

— Do que, então? Eu deveria ter me ajoelhado e a pedido em casamento? Eu mal a conhecia.

— Você poderia ter ligado e perguntado se ela estava bem. Você se importava se ela estava grávida ou não?

— Claro que me importava. E eu liguei, mas ela não atendeu.

O olhar surpreso de Winter logo se transforma em dúvida.

— Não, você não ligou. — Ela balança a cabeça e cruza os braços. — Mallory teria me dito.

— Por que eu mentiria sobre isso?

Ela dá de ombros.

— Para te fazer parecer menos babaca.

Expiro fundo, frustrado com como ela parece ser teimosa.

— Me desculpa, Winter. Me desculpa mesmo. Pela Mallory e pelo que você passou. Se você aceitar, eu gostaria de te dar um cheque para ajudar a compensar o seu salário perdido.

Seus olhos brilham de raiva.

— Você não pode comprar o seu perdão, Harry. Você deveria ter estado lá, e não esteve.

— Eu não estou tentando comprar nada. Avery é minha filha, e eu aprecio tudo o que você fez por ela.

— Eu cuidei dela — Winter diz, mal conseguindo pronunciar as palavras, enquanto lágrimas escorrem de seus olhos. — Eu tenho *cuidado* dela, e agora você a está tirando de mim. O dinheiro não vai fazer as coisas melhorarem.

Não são suas palavras, mas a expressão angustiada que acaba comigo. Winter está apenas defendendo sua melhor amiga, que acho que não disse toda a verdade sobre o que aconteceu. Para ela, eu sou o vilão. E tirei dela o bebê que ela aprendeu a amar.

— Olha — falo, baixinho. — Estou cansado por ter dormido só algumas horas ontem à noite. Pode ficar hoje também, se quiser.

Ela desvia o olhar, pensando, mas, no fim, apenas balança a cabeça.

— Acho que estou sobrecarregado — continuo. — Talvez precise contratar uma babá para a Avery.

Winter se volta para mim, com uma expressão amarga.

— Você a tirou de mim para contratar uma vadia velha para cuidar dela e se considerar um superpai?

Jesus. Esta mulher é a ruiva mais estereotipada que já conheci. Ela é forte, destemida e está irritada com a minha mera existência.

— Eu só descobri na semana passada que tinha uma filha. — Me forço a ficar calmo. — Você pode me dar um tempo?

Ela estreita os olhos.

— Avery deve ser criada por alguém que a ama, não alguém que está sendo pago para cuidar dela.

Arqueio as sobrancelhas e estou prestes a responder quando a bochecha de Avery encosta na minha. É quente e macia, e se foi intencional ou não, parece que ela está me oferecendo sua forma de afeto. Dou um beijo em sua testa minúscula, tirando o foco da chateação.

— Está dizendo que você é essa pessoa? — pergunto a Winter. — Mesmo que você seja sem-teto?

— Eu ainda não sou sem-teto.

— Quanto tempo tem para se mudar?

Seus ombros caem com fracasso.

— Dois dias.

Eu lanço um olhar compreensivo para ela.

— Então eu sou o grande lobo mau, mas sou o cara com o dinheiro para cuidar da Avery. E eu sou o pai dela.

— Olha, Harry. Você *nunca* vai me conquistar para o seu lado. Nunca. Prefiro… rolar nua em cima de vidro quebrado a ser sua amiga.

Cético, indago:

— Sério?

— Sim.

Posso pensar em lugares muito melhores para ela rolar nua, mas não digo nada. Se Winter souber que a acho atraente, será dramática o suficiente para cortar todo o cabelo ou algo assim.

— Você já comeu?

— Não, fiquei aqui com a Avery o dia todo — ela diz como se fosse a coisa mais óbvia do mundo.

— Bem, há comida na cozinha.

Ela balança a cabeça.

— Eu não vou comer a sua comida.

— Meu Deus. Me deixa adivinhar, você prefere morrer de fome? — pergunto delicadamente.

— Por aí. — Ela funga e desvia o olhar.

— Vou pedir alguma coisa. Você gosta de comida chinesa? — questiono quando passo Avery para ela.

— Eu não vou jantar com você.

Dando de ombros, digo:

— Faça o que quiser. Vou pedir o suficiente para nós dois e você pode apenas olhar para a sua parte com desdém e fome.

— Eu só vou ficar por causa da Avery.

Winter desembrulha Avery do cobertor e os membros dela se agitam quando ficam livres.

— É só pela Avery que estou te pedindo para ficar.

— Acho que é para que você possa dormir hoje à noite.

Ergo o olhar do celular, no qual estou procurando lugares para pedir comida.

— Vou cuidar dela hoje à noite. Agora que sei sobre a Bibi mágica, está tudo certo.

Winter revira os olhos.

— Nem sempre é a Bibi. Às vezes ela está com gases, ou fome. Você precisa passar muito tempo com ela se quiser ser capaz de saber a diferença entre os choros.

— Pode deixar. Planejo ser um pai que coloca a mão na massa.

— Sério? Contratando uma babá?

— Tenho que trabalhar, Winter. Não posso ficar com ela todo minuto do dia.

— Bom...

Ela é interrompida por um som explosivo vindo da fralda de Avery. Minha filhinha balbucia em satisfação depois de jogar uma bomba de gás na calça.

— Que porra foi essa? — Encontro o olhar de Winter. — Isso foi um pum barulhento para um bebê tão pequeno.

— Ah, não foi um pum. — Os olhos de Winter dançam com alegria enquanto ela estende Avery para mim. — Aqui está a sua chance de ser um pai mão na massa.

Eu me afasto e olho para a fralda mole.

— Ah, merda.

— Muita merda — Winter diz. — Esse é um trabalho para pelo menos dez lencinhos umedecidos. Talvez você precise até dar outro banho nela.

— Ah, não. — Seguro o celular. — Mas estou pedindo o jantar.

— Você vai trocar a fralda dela, Harry.

— Alô? — digo ao celular no qual nem fiz a ligação ainda. — Claro, posso esperar.

Lanço a Winter um olhar indefeso.

— Eles já vão me atender.

— Seu mentiroso de merda. — Ela balança a cabeça com desgosto.

— Tudo bem. — Coloco o celular no bolso da calça e pego Avery, segurando-a longe do meu corpo. — Espere aí, por que a calça dela está marrom?

— Parece que houve uma explosão.

Eu me encolho.

— Onde devo colocá-la?

Winter olha ao redor.

— Você não pediu umas duas mesas de troca banhadas a ouro?

— Eu nem sei o que é isso.

— Coloque-a na sua cama.

Balançando a cabeça, digo:

— De jeito nenhum. Eu não vou colocar alguém cagado na minha cama.

— Ela é a sua filha.

— Merda é merda, Winter.

— Vou pegar uma toalha para colocar na cama, então. Pode ser?

— Pegue três toalhas. Estão no armário do meu banheiro.

Sinto o cheiro da fralda a caminho de volta para o quarto e quase me engasgo com o cheiro tóxico. Avery me observa com olhos arregalados, alheia ao fedor, como se perguntasse por que estou olhando para ela dessa maneira.

Winter me encontra em meu quarto e eu digo a ela para desdobrar e colocar as três toalhas de banho cinza e macias uma em cima da outra.

— É uma fralda de cocô, Harry, não uma explosão nuclear.

Prendo a respiração enquanto tiro a roupa de Avery, revelando cocô mole, como diarreia, que me faz engasgar de verdade.

— Que se foda — xingo com uma careta. — Não posso apenas dar um banho nela?

— Vê se cresce, Harry. Aqui. — Winter segura um lenço umedecido, e eu o pego.

As coisas ficam muito piores quando tiro a fralda. Há merda por toda parte.

— Eu te dou quinhentos dólares para limpar isso — ofereço, olhando para Winter.

— É tudo seu, *papai mão na massa*.

Prendendo a respiração, limpo Avery, usando cerca de vinte lenços. Dez lenços é o caralho. Winter abre um saco para a fralda e lenços usados, e eu os jogo lá dentro. Meu estômago se revira quando coloco as roupas sujas de Avery lá também.

— Você vai jogar a roupa dela fora? — Winter pergunta, sua testa franzida em desaprovação.

— Minha roupa suja só vai ser lavada semana que vem. De jeito nenhum vou ficar cheirando isso até lá.

— Você nem lava a sua própria roupa?

Balanço a cabeça, sem paciência para a provocação dela.

— Você pode colocar uma fralda limpa e roupas nela para que eu possa me desinfetar e pedir o jantar?

— Acho que sim. Meu Deus, você é muito dramático. — Ela ri enquanto pega Avery nua da minha cama, sorrindo para ela. — Sua barriguinha está melhor agora, meu amor?

— Minha barriguinha está uma merda — resmungo. — Não tenho certeza se vou conseguir comer, na verdade.

— Quero fazer um acordo — Winter oferece. — Vou jantar com você se me deixar cuidar de Avery hoje à noite.

— Feito.

Não sei se ela percebeu que eu queria as duas coisas que ela me ofereceu. E enquanto a vejo murmurar para Avery e aconchegá-la, quero algo mais também.

Quero calar Winter com um beijo. A ideia de derreter seu exterior gelado e deixá-la sem fôlego com desejo me tenta mais do que comida ou sono.

Mas de jeito nenhum ela iria aceitar. Ela é a única mulher que conheço que não quer nada comigo. E não sei nem por que, mas acho isso sexy pra caramba.

CAPÍTULO OITO
Winter

Pela manhã, enquanto vejo o café fluir da cafeteira chique de Harry, desejo que ele corra mais rápido.

Foi uma noite longa — para mim, pelo menos. Avery estava agitada e com fome. Dormi duas horas, tirei uma soneca de uma hora na cadeira reclinável e só. Houve um período algumas horas antes do nascer do sol quando eu poderia ter dormido, mas minha mente não parava de girar.

Não conseguia parar de pensar em Mallory. Ainda me lembro com clareza dela entrando no salão certa manhã, mais feliz do que eu já a tinha visto. Ela tinha tido seu primeiro encontro com Harry na noite anterior, e estava se gabando sobre como ele era gostoso e incrível.

Ela tinha acordado no apartamento dele naquela manhã, e me disse que a vista não se parecia com nada que ela já tinha visto. E agora, aqui estou eu, no apartamento dele. Cuidando do bebê de Mallory.

Era para ser ela. *Ela* deveria estar amamentando Avery e a balançando com as olheiras nos olhos.

— Ah, legal. — Harry entra na grande cozinha gourmet e pega a cafeteira, colocando o café que eu estava esperando ficar pronto em uma caneca e tomando um gole. — Você descobriu a cafeteira.

Se eu estivesse mais perto de uma faca, provavelmente a pegaria e o esfaquearia. Que coragem a desse babaca, passeando pela cozinha com nada além de uma toalha branca enrolada na cintura e depois roubando a primeira xícara de café.

— Eu não sou sua empregada, idiota — digo, irritada. — Esse café era para mim.

— Ah... — Ele olha para a caneca e depois a estende para mim. — Você ainda quer?

Balanço a cabeça, olhos estreitos com desdém. Ele dá de ombros e olha para Avery, que está dormindo em paz em uma cadeirinha no canto da cozinha.

— Foi uma noite tranquila para vocês?

Massageio a têmpora, lutando contra a vontade de gritar com ele.

— Na verdade, não. Você não a ouviu gritando à uma da manhã? Só durou cerca de duas horas. — Não consigo suprimir o sarcasmo no meu tom.

Ele balança a cabeça e toma outro gole de café.

— Meu quarto é à prova de som.

— À prova de som?

Seus lábios formam um sorriso.

— Não por causa de bebês chorando.

— Aff. — Eu me encolho. — Nojento. Simplesmente... nojento.

— Ei, nada de errado em ser um vizinho atencioso. — Ele abre a geladeira de aço inoxidável, que tem cerca de um metro e oitenta de largura. — Vou fazer um café da manhã. Se você quiser que eu fique de olho na Avery enquanto toma banho, não tem problema.

Reviro os olhos.

— Sério? Você vai ficar de olho em um bebê dormindo para mim? Você é realmente de grande ajuda, Harry.

Ele olha para a cafeteira.

— Pode ser que seja uma boa hora para tomar uma xícara, raio de sol.

Sigo seu olhar até a cafeteira, dividida. Não quero que ele pense que vou tomar uma xícara só porque ele sugeriu, mas eu quero mesmo, não, eu preciso de um café.

— Já pensou na minha oferta? — ele pergunta, se recostando na bancada da cozinha para que eu tenha a visão completa de seu peito nu e tatuado, de novo.

— Sua oferta? — indago enquanto vou até a cafeteira.

— Dinheiro. Para ajudar a compensar tudo o que fez pela Avery.

Balanço a cabeça enquanto coloco o café em uma das dúzias de canecas cinza de Harry.

— Eu não quero o seu dinheiro.

— Você prefere ser despejada?

— Você não tem que se preocupar com isso.

Não posso deixar de suspirar quando tomo meu primeiro gole de café. Tem um gosto divino, muito melhor do que as coisas baratas a que estou acostumada. É forte e suave ao mesmo tempo.

— Bem, qual é o seu plano, então?

Lançando um olhar de advertência para ele, digo:

— Não que eu te deva uma explicação, mas estou planejando levar a Avery para minha casa hoje e arrumar as minhas coisas. Vou perguntar à dona do salão em que trabalho se posso guardá-las no quarto dos fundos dela.

Harry acena, com sobrancelhas arqueadas.

— E depois?

Dou de ombros.

— Vamos ver.

— Então você tem uma carona para o seu apartamento e um caminhão te esperando para mover todas as suas coisas? — Seu tom cético me irrita.

— Você já sabe que estou falida. Por que me fazer admitir isso várias vezes te dá tanta satisfação?

— Não estou tendo nenhuma satisfação com esta conversa. Você está apenas sendo a teimosa de sempre, se recusando a aceitar ajuda mesmo quando precisa.

Dou de ombros.

— Eu aceitaria ajuda. Só que não de você.

— Ah, é — ele diz, rindo sem humor. — Porque eu sou o vilão na sua história.

— Você deve ser o vilão nas histórias da maioria das mulheres que conhece, Harry.

Ele suspira baixinho, então foca seu olhar em mim.

— Eu estive pensando desde que conversamos ontem à noite. Você está certa sobre a Avery estar melhor com alguém que a ama em vez de uma babá paga.

Meu coração palpita enquanto o escuto. Ele está dizendo o que acho que está dizendo?

— Você pode se mudar para cá — ele continua. — More aqui sem pagar aluguel enquanto precisar e me ajude a cuidar da Avery.

Meus lábios se abrem com surpresa.

— Morar *aqui*? Com *você*?

— Sim. É um apartamento grande o suficiente, e aí acho que a gente consegue evitar matar um ao outro.

— Mas você é...

Ele abre um sorriso, e parece que está se divertindo com a minha reação.

— Acredite ou não, Winter, a maioria das pessoas gosta de mim. Eu não sou um cara ruim. Você é a única pessoa que já conheci que me odeia.

Bufo com escárnio.

— Pois é, eu sou a única pessoa que já *disse* que te odeia.

Ele balança a cabeça, com uma expressão séria.

— Eu não sou um homem perfeito, sou o primeiro a admitir isso. Mas sou um homem honesto. Sou bastante sincero com todas as mulheres com quem me envolvo, falo para elas que não estou procurando nada sério. Digo para elas que não será um relacionamento exclusivo.

— Então você é um galinha honrado.

— Há mulheres por aí que querem a mesma coisa que eu. Não há nada de errado com sexo casual, se formos sinceros.

— E então, quando as mulheres começam a gostar de você, não que eu possa ver como qualquer mulher em seu juízo perfeito gostaria, você termina o relacionamento. E se considera um cara bom.

As mãos de Harry estão apoiadas no balcão da cozinha, e mesmo que eu o despreze, não posso deixar de admirar seus antebraços musculosos. Posso ver como as mulheres se apaixonam por sua aparência e acabam com o coração partido.

— Isso não tem nada a ver com os nossos sentimentos um pelo outro. Tenho certeza de que isso nunca vai acontecer. Tem a ver com a Avery. Goste ou não, eu sou o pai dela.

— Não — respondo, lançando um olhar mortal para ele.

Ele ignora meu olhar.

— Você pode levar um dos meus carros para o seu apartamento para arrumar suas coisas. Vou mandar alguns caras carregarem suas coisas para o depósito que tenho no porão do prédio.

Quero recusar sua oferta, mas o bom senso vence; não tenho outras opções. Aubrey é a única família que me resta. Ela é uma feliz recém-casada e não quero incomodá-la falando sobre como minhas finanças estão terríveis. Vendi quase tudo o que tenho, e a oferta de Harry me permitiria viver com Avery, o que eu quero desesperadamente. Não foi assim que imaginei, mas... é tudo o que tenho.

— Eu não vou ser sua empregada — aviso, cruzando os braços.

— Já tenho uma que vem toda semana para limpar.

— Você vai ter que fazer a sua parte com a Avery. Preciso trabalhar para poder me recuperar financeiramente.

Ele concorda.

— Pode deixar.

— Nem tudo é diversão e brincadeiras, aliás. Você pode ter que desistir de idas a academia ou de trabalhar até tarde. Talvez tenha até que cortar a galinhagem.

Ele finge um olhar ferido.

— Qualquer coisa menos isso.

— Você vai ter que levar suas strippers para hotéis ou algo assim. Eu não as quero perto de Avery.

— Concordo. Sobre ter mulheres perto de Avery, quero dizer. Nenhuma das mulheres que namorei são strippers, pelo menos não que eu saiba.

— Ah, para. — Lanço um olhar de desaprovação. — Como se você se preocupasse em perguntar para elas o que fazem da vida.

Harry termina sua caneca de café e olha para o relógio na parede.

— Não que eu não esteja gostando dessa conversa agradável, mas preciso me vestir e ir para o escritório. — Ele aponta para a despensa. — As chaves de todos os carros estão em um suporte lá dentro. A cadeirinha provavelmente vai se encaixar melhor no Yukon, então vou deixá-lo para você e ir de Tesla hoje.

— Agradeço o seu sacrifício — respondo, fingindo seriedade.

— Vou mandar uma mensagem quando arrumar os ajudantes para a mudança — ele diz, saindo da cozinha. Depois fala por cima do ombro: — E de nada.

Respiro fundo e tomo um gole da minha caneca. Se eu tiver que viver com Harry, pelo menos este café incrível é parte do acordo.

E Avery. Olho para o anjo adormecido na cadeirinha, grata por ter mais tempo com ela.

Há uma semana, eu teria preferido empurrar Harry de um penhasco a morar com ele. Mas tudo é diferente agora. Preciso engolir o orgulho e fazer isso dar certo, pelo menos até poder pagar um lugar para mim de novo.

— Te vejo à noite — ele se despede alguns minutos depois, pegando um molho de chaves na despensa.

Ele fica muito bem em seu terno cinza e camisa branca bem-passada, com sua gravata vermelha amarrada perfeitamente em torno do pescoço. E ele exala um cheiro ainda melhor. Meus mamilos formigam enquanto sinto seu cheiro fresco e amadeirado.

Minha atração por ele é revoltante. Vergonhosa. Não vem da minha mente, apenas do meu corpo desesperado e traidor, mas mesmo assim... eu morreria se ele soubesse.

Confiro para ter certeza de que ele trancou a porta — ele trancou — e então caminho pelo corredor até seu quarto, indo ao banheiro para ver se posso sentir mais um pouquinho de seu perfume.

O frasco de vidro pesado do perfume está na bancada do banheiro, e eu o pego e coloco o aplicador no meu nariz. Tem um cheiro bom, mas, de alguma forma, não tão delicioso quanto nele.

Esse reconhecimento me frustra. Para compensar, pego a escova de dentes de Harry do suporte e mergulho as cerdas na água do vaso sanitário, depois coloco de volta no suporte.

Com um sorriso para o meu reflexo abatido no espelho, vou até a cozinha buscar Avery.

Talvez morar com Harry não seja tão ruim, afinal.

CAPÍTULO NOVE

Harry

Um choro alto me acorda de um sono profundo. Costumo dormir de barriga para cima, então me apoio nos cotovelos e vejo todas as luzes no monitor de bebê piscando.

Com um grunhido, me levanto e ando pelo corredor até o quarto de Avery. São oito e trinta e cinco da manhã de sábado, de acordo com meu relógio. Sem o dispositivo no meu pulso, eu nunca mais saberia que dia é. Eu só trabalho, cuido de Avery e durmo quando é a vez de Winter.

Dou uns cochilos ocasionais quando é minha vez de cuidar de Avery — durmo quando ela dorme —, mas não é muito. Entre trocas de fraldas, alimentação e necessidade de ser balançada para dormir, minha filha me mantém alerta o tempo todo.

— Ei, mocinha — digo, pegando-a do berço, e resmungo quando vejo o ponto molhado em seu pijama. — De novo? Você fez xixi duas vezes desde ontem à noite. O que aconteceu?

Eu a ponho na mesa de troca que foi entregue ontem e a limpo, colocando uma nova fralda e um novo conjunto de pijama. Estou ficando cada vez melhor e mais rápido em trocá-la.

— Pelo menos não tem cocô — falo, enquanto ela balança as pernas e acena os braços. — Guarde isso para hoje à tarde. Winter adora fraldas de cocô. Papai, nem tanto.

Quando eu a pego, ela se agita, abrindo a boca como faz quando quer comer.

— Tudo bem. Vamos tomar café da manhã. Você me deixou dormir quatro horas inteiras, então acho que estou bem.

Beijo o topo de sua cabecinha. Não demorou muito para Avery me conquistar. Ela acabou com a minha vida, mas não de um jeito ruim. Se a vida tivesse ido de acordo com o meu plano, eu provavelmente teria me casado com uma mulher que lidaria com a maioria dos cuidados enquanto eu trabalhava.

Winter com certeza *não é* esse tipo de mulher. Ela não tem pena de mim. Não me ajuda a trocar fraldas de merda e nem quando me levanto no meio da noite quando é minha vez com Avery. Ela é o oposto das mulheres fáceis e condescendente com quem saio.

O cheiro de café me atrai para a cozinha, e quando entro, Winter está colocando uma xícara para si na bancada. Ela está usando short azul de algodão que é curto demais e mostra suas pernas longas e esguias e uma blusa cinza que não deixa nada para a imaginação.

Droga, esse corpo. Mesmo com minha filha nos braços, me sinto ficando duro.

— Você poderia parar de olhar para mim assim? — ela pergunta, irritada.

— Assim como?

— Você *sabe* como.

— Não, não sei. Por que não me diz? — Sorrio com malícia. Adoro atormentá-la, ainda mais quando ela já está impaciente pela manhã.

Ando até a fileira de mamadeiras limpas no balcão da cozinha, feliz que Winter lavou todas elas. Avery fica agitada, enquanto eu arrumo uma, e Winter vem e a pega.

— Bom dia, meu amor — ela diz com uma voz doce. — Você está com fome?

Apenas o roçar dos dedos de Winter sobre meu peito nu quando ela tira Avery dos meus braços envia uma carga de excitação por minhas veias. Não consigo me ajustar bem na sua frente, então faço a mamadeira da Avery e abro os braços para Winter.

— Sério? — ela pergunta, seu tom um tanto divertido e irritado. — Você vai dar mamadeira para ela de pau duro?

Dou de ombros.

— Ela nem vai saber.

Winter se retrai e pega a garrafa.

— Eu vou alimentá-la, seu pervertido. Vá procurar uma revista no seu banheiro ou algo assim.

— Se não quiser ver a minha ereção matinal, use roupas que cubram mais quando sair do quarto.

Ela revira os olhos.

— Você está só de cueca.

— Sim, mas você não me ouve reclamando sobre ver os seus mamilos enquanto você baba pelo meu pau.

Winter para de repente ao sair da cozinha, se virando para mim.

— Você só está tentando me irritar, mas não vai funcionar. Não havia mamilos e *com certeza* não havia baba.

— Não precisa se desculpar. É claro que faz muito tempo que você não... você sabe.

Seus lábios formam uma linha fina e raivosa.

— Não, não sei.

— Fode. — Pego a cafeteira e vejo que está vazia. — Uma palavra que também se aplica a mim agora. Você não poderia nem me deixar uma xícara? Fiquei acordado a maior parte da noite.

Winter balança Avery em seus braços.

— Faça o seu próprio café, Harry. E fique sabendo que a minha vida sexual é *ótima*.

Rio enquanto pego um monte generoso de pó de café e coloco na cafeteira.

— Mentirosa.

Ela ajusta Avery nos braços e começa a alimentá-la. Admiro o jeito com que ela consegue fazer isso. Winter consegue segurar e alimentar Avery com apenas um braço quando precisa. Eu tenho que me sentar em uma cadeira para alimentá-la, uma fralda de pano por perto e um travesseiro debaixo de um braço.

Com Avery focada em sua mamadeira, não há nada além de uma pesada tensão no ar agora.

— Eu posso transar *quando* quiser — Winter diz.

— Eu não duvido. Você é linda, ainda mais de boca fechada.

Sua boca se abre, indignada, mas ignora a provocação.

— No último ano, estive totalmente focada em Mal e Avery. Enquanto você estava por aí, enfiando o pau em qualquer coisa com dois peitos e que pulsava, eu estava criando a sua bebê recém-nascida, seu babaca pomposo.

— Acho que você precisa tomar cuidado com o que fala, a menos que queira que a primeira palavra de Avery seja *babaca*.

Ela estreita os olhos.

— Tudo bem. Mas a questão é a mesma.

— Eu não sou o mulherengo que você pensa que sou, Winter.

— Ah, sério, Harry *Sacana*?

Sua pele clara está vermelha de raiva, e, droga, como isso é sexy.

— Você me pesquisou na internet? — pergunto, soando satisfeito.

— Não mesmo. Tive que ouvir tudo sobre você quando Mal te conheceu. O galã profissional de hóquei virou herói de guerra que virou homem de negócios, com a reputação de fazer as mulheres… — Suas bochechas ruborizam enquanto ela procura palavras.

— Fazer as mulheres…? — Eu dou a ela um sorriso divertido. — Eu não escutei o resto.

Ela pigarreia.

— Fazer as mulheres pensarem que você gosta delas quando só gosta mesmo de… dormir com elas.

— Outra mentira. Eu disse que sou sempre franco.

— A questão é: as pessoas que têm suas prioridades definidas não são obcecadas em transar. Mas pessoas superficiais e egocêntricas como você... estão sempre pensando sobre isso. — Ela pigarreia. — Estou fazendo uma tabela para dividir os cuidados com Avery. Hoje é minha noite, então por que você não vai fazer... o que quer que seja que faz para evitar o pau duro matinal que quase cutuca meu olho.

Sorrio.

— Você tem que admitir que é preciso um tamanho impressionante para que isso aconteça.

— Tamanho não é tudo.

Antes que eu possa responder que tenho mais do que tamanho, Winter faz uma careta confusa e olha para Avery. Ela tira a mamadeira da boca e a segura, inspecionando-a.

— Ela está toda molhada — Winter diz.

— De novo? — Solto um suspiro pesado. — Esse é o quarto conjunto de roupas que coloco nela nas últimas oito horas.

— Eles são chamados de macacões. E você não está colocando as fraldas direito nela, o xixi está vazando pelos cantos.

— Como você sabe?

— Aconteceu comigo quando eu estava trocando as fraldas dela pela primeira vez. Você precisa assistir àquele vídeo do YouTube de novo.

Olho para a cafeteira e vejo que o café está quase pronto. Preciso desesperadamente de mil xícaras de café agora.

— Sim, pode deixar. E ela está quase sem roupas. Vou chamar o serviço de lavanderia hoje e vou pedir mais cem macacões.

Winter parece horrorizada.

— Você está exagerando, né?

Dou de ombros.

— Precisamos de pelo menos mais cinquenta, pela rapidez com que ela os usa.

— Ou você pode comprar uma lavadora e uma secadora e a gente lava a própria roupa, como a maioria das pessoas.

Faço uma careta em negação, mostrando a Winter exatamente o que penso de seu plano.

— Já estamos sobrecarregados.

Winter afasta a mamadeira vazia de Avery e dá tapinhas nas costas dela, provocando um arroto imediato. Ela passa Avery de costas para mim e se senta na mesa da cozinha.

— Vou terminar minha tabela.

Concordo.

— Vou trocá-la... de novo.

— Divirta-se.

Winter coloca seus óculos de leitura de aros escuros de volta e olha para o cartaz na mesa da cozinha. Suas margens são formadas por adesivos circulares de todas as cores, a caligrafia tão precisa quanto eu esperaria da minha colega de casa nota dez.

Me viro para sair da cozinha com Avery, olhos brilhantes e contente agora que está alimentada, mas paro na metade do caminho.

— Eu não disse que faz muito tempo desde que você não transa — digo. — Mas faz muito tempo desde que você foi *fodida*, Winter. É quando um homem te leva para a cama e te toca de maneiras que faz você implorar por mais. E quando ele está dentro de você, é tão quente e duro que você não tem certeza se vai conseguir aguentar, mas seu corpo está se movendo em sincronia com o dele sem você nem precisar pensar. Vocês dois estão suados e desesperados, mesmo depois que ele fez você gozar mais e melhor do que você jamais gozou antes. Você nunca quer que isso acabe, você não tem certeza se vai ter uma noite como essa de novo. E quando acorda no dia seguinte, está dolorida, mas mais satisfeita do que nunca. Quando você é *fodida*, não é você quem manda e decide quando goza. Pela primeira vez em sua vida, você se rende.

Ela finge me ignorar, mas vejo a verdade. Seu peito está subindo e descendo com respirações rápidas. A ponta de sua língua está para fora e umedece seus lábios. A caneta está congelada na sua mão, e ela está toda vermelha.

Finalmente encontrei uma maneira de deixá-la sem palavras.

CAPÍTULO DEZ

Winter

Mais tarde naquela noite, eu me afundo na minha cadeira reclinável de couro favorita com um suspiro cansado. Harry está fora hoje — deve estar flertando com uma mulher que ele esquecerá o nome pela manhã —, então somos só Avery e eu.

São oito e meia da noite, e eu a coloquei para dormir depois de uma longa noite de brincadeiras. Fiz a maior parte delas — pulando, cantando, brincando de esconder e fazendo caras engraçadas para prender sua atenção o máximo possível. Espero que depois de um longo período acordada, ela tenha um longo período de sono contínuo.

E mesmo sabendo que devo ir para a cama e dormir enquanto posso, não quero dormir ainda. É bom ficar aqui sozinha, sem nada para fazer.

Eu poderia ler um livro ou assistir a algo na TV, mas faz tanto tempo desde que fiz essas coisas e não sei o que leria ou assistiria. Em vez disso, pego meu celular para navegar na internet, e vejo que tenho uma chamada perdida de Aubrey.

Pressiono a tela para ligar de volta, pensando que ela deve ter planos com seu marido bonitão em um sábado à noite, mas ela me surpreende ao atender.

— Winter — ela me cumprimenta em tom caloroso. — Estou tão feliz que você me ligou de volta.

— Obrigada por não desistir de mim — digo com uma leve risada. — Mesmo que às vezes eu não retorne as suas ligações, nunca é porque não quero.

— Eu sei. Você está lidando com muita coisa.

— Como está a vida de casada, sra. Bateman?

— Incrível. — Posso ouvir o riso no seu tom. — Mas estou cansada demais estes dias. A gravidez está acabando comigo.

— Você ainda está vomitando muito?

— Não, isso passou muito rápido, graças a Deus. Mas tenho desejos loucos por Vegemite e biscoito recheado sabor fruta. Não estou dizendo que mataria alguém por um biscoito de cereja, mas... eu com certeza mutilaria alguém.

— Eca. Vegemite e biscoitos? Não as duas coisas juntas, né?

— Não. — Ela ri e diz algo a Chance.

— Do que vocês dois estão rindo? — pergunto.

— Chance fez uma piada sobre como eu adquiri meu gosto por Vegemite.

— Ele está aí?

— Sim. Fiquei em pé o dia todo no abrigo, então vamos ficar em casa hoje à noite.

— Legal. Eu também, tirando o fato de que agora moro com o horrível Harry Stone.

— O pai da Avery? Quando isso aconteceu?

Conto à minha irmã sobre como acabei vindo morar com Harry. Ela escuta, suspirando baixinho quando termino.

— Nossa — ela diz. — Então ele não deve ser tão ruim quanto você pensou, se você está morando aí.

— Ele é um babaca arrogante — zombo.

— Então você está infeliz vivendo com ele?

Solto um longo suspiro e respondo:

— Estou bem, para falar a verdade.

Há uma pausa antes que ela diga:

— Tudo bem, acabei de pesquisar Harry Stone no Google e acho que se você está morando com ele, você deve estar mais do que *bem*.

Resmungo e reviro os olhos.

— Nem comece sobre como ele é gostoso.

— Tá bom, mas... ele é.

— Ele é um completo filho da mãe.

Há outro momento de silêncio antes de a minha irmã dizer:

— Um filho da mãe que usa sua empresa para financiar programas de desenvolvimento protético e reabilitação para veteranos? Sem mencionar que ele é um grande defensor de empregar veteranos também.

— Então ele é bom para os veteranos — falo, exasperada. — Mas trata as mulheres como brinquedos.

— Bem, vocês não estão envolvidos, né?

— Aff, não. Claro que não.

— Você está saindo com alguém?

Rio.

— Ah... Não, eu não tenho tempo para isso.

— Harry ajuda com a Avery, não é?

— Sim, mas... só não estou interessada em namorar agora. Além disso, como eu explicaria que estou vivendo com um cara e estamos criando um bebê juntos, mas não estamos juntos?

— Acho que não é nada convencional.

Olho para o horizonte de Chicago, as luzes da cidade começando a brilhar. A vista daqui é realmente fenomenal.

— Sinto falta de ter alguém — admito à minha irmã. — Às vezes. Não sinto falta do estresse, mas sinto falta... dos abraços e, sabe, de dormir agarradinhos. E ter um ombro para chorar.

— Ah, Winter. Posso ir para aí e te abraçar a qualquer momento. Você pode chorar no meu ombro também.

Ouço Chance protestando ao fundo, seu sotaque australiano alto e claro.

— Você está sendo ridículo — Aubrey diz para ele, soando mais divertida do que irritada.

— O quê? — pergunto.

— Ele está dizendo que não posso pegar um avião durante o terceiro trimestre, mas meu médico diz que está tudo bem. Chance tem todo esse cenário na cabeça dele em que eu entro em trabalho de parto no voo e não há ninguém que possa me ajudar.

— Você pode garantir para ele que eu nunca pediria para você vir aqui enquanto estiver grávida só para que eu possa ganhar um abraço.

— Bom, você tem um bebê para abraçar o tempo todo, o que deve ser bom.

— Ah, é. Eu a amo mais do que jamais amei alguém ou alguma coisa na vida.

Aubrey suspira, feliz.

— Eu mal posso esperar por isso. Já me sinto assim, mas não posso esperar para ver o rosto do meu filho pela primeira vez.

— Adorei a foto que você colocou no Instagram de Pixy com uma camiseta *sou irmão mais velho* — digo, sorrindo.

— Obrigada. Nosso bebê com certeza será um amante dos animais.

Ouço o grito de Chance pelo telefone.

— E jogador de futebol!

— Estou tão feliz por vocês. Espero que um dia eu tenha o que você tem.

— Vai ter.

— Não consigo imaginar me sentindo inteira sem Avery.

— Dê tempo ao tempo. As coisas vão dar certo.

Avery chora no outro quarto, e eu prendo a respiração, esperando para ver se ela vai voltar a dormir. E não volta.

— Ah, posso ouvi-la chorando! Quero atravessar o telefone e pegá-la — Aubrey diz. — Sou louca por bebês, caso não tenha percebido.

Rio enquanto me levanto.

— Aproveite a sua noite de sábado com o seu marido enquanto pode.

Preciso ir vê-la.

— Está bem. Me ligue a qualquer hora, tá bom?

— Você também. Diga para o Chance que eu disse oi, ou… *olá, companheiro.* — Meu sotaque é péssimo.

— Eu te amo, Winter.

— Eu também te amo.

Vou ver Avery e acabo trazendo-a para a sala comigo. Ela está chupando sua Bibi e está quase adormecendo de novo quando Harry entra pela porta.

— Oi — sussurro, intrigada.

— Oi.

Levanto minha voz o suficiente para ele me ouvir sem acordar Avery.

— Achei que você ficaria fora a noite toda.

Ele dá de ombros.

— Senti saudade de vocês.

Meu coração palpita e minhas partes íntimas acordam em resposta à sua confissão. Mas por quê? Gostoso ou não, eu o odeio. Bem, na maioria das vezes.

— Você sentiu saudade da Avery — digo, sorrindo. — Não deve ter sentido saudade de discutir comigo.

— Na verdade, eu meio que senti.

Ele joga o casaco no sofá, e seu olhar sustenta o meu através da sala. Engulo em seco, ainda me lembrando de suas palavras de antes.

"Quando você é fodida, não é você quem manda e decide quando goza. Pela primeira vez em sua vida, você se rende."

Posso admitir para mim mesma: eu nunca me rendi a um homem. Parece o oposto de tudo em que acredito. Mesmo no quarto, costumo ser a responsável, dizendo ao meu parceiro o que quero. Uma garota tem que ser específica ou o sexo pode ser bem decepcionante.

Mas e se houver homens por aí que não precisam de direção? Homens que prestam atenção em suas parceiras e conseguem interpretar o que é bom?

Enquanto Harry se aproxima de mim, uma faísca de excitação passa por minha espinha e atinge todos os nervos do meu corpo. Apesar dos seus defeitos — e ele tem *muitos* —, Harry pode me deixar excitada com apenas um olhar.

— Você quer tomar um banho? — ele pergunta, seus olhos ainda em mim.

— Com você? Claro que não.

Os cantos de seus lábios sobem um pouco.

— Não foi isso que eu disse, sua mente poluída. Você mencionou ter gostado da banheira no meu banheiro outro dia, então por que não me deixa ficar com a Avery enquanto você vai experimentá-la?

Posso sentir meu rosto esquentando. Tenho certeza de que ele acabou de me flagrar tendo pensamentos sexuais sobre ele.

— É a minha vez de ficar com a Avery — digo, meu coração retumbando. — Tenho que cuidar dela até exatamente sete da manhã. Aí será a sua vez.

— Sei que a tabela diz isso, mas e se dissermos foda-se a tabela para você ir tomar um banho?

Franzo a testa.

— Trabalhei duro nessa tabela.

Ele balança a cabeça.

— Não é mandar a tabela *se foder* para sempre, Winter. Só por ora.

Meu Deus, gosto do jeito que ele diz *foder*. Preciso encontrar uma amizade colorida e tirar essa atração de mim. Estou ficando com tesão e incomodada com Harry muitas vezes. Eu me sinto sem controle.

— Acho... que seria bom — admito.

— Boa garota.

Lanço um olhar de advertência para ele, meus olhos se estreitam e ele tem a ousadia de perguntar:

— O que foi?

— Não me chame assim.

Harry pisca para mim. Malditas *piscadelas*.

— Porque você não gosta, ou porque *gosta*?

Eu gostei, na verdade, gostei muito, mas com certeza não quero que ele saiba disso.

— Você se acha demais — digo, enquanto ele tira Avery dos meus braços.

Ela se agita enquanto ele a leva, e a embala e anda pela sala para fazê-la voltar a dormir. Até o jeito que ele faz isso é *sexy*. Estou me sentindo uma causa perdida.

Pego roupas limpas e produtos de higiene do meu quarto e entro na suíte principal. A colcha escura da cama está amarrotada e eu o imagino saindo dela com nada além de cuecas, seu corpo coberto por tatuagens e músculos.

As coisas pioram quando entro no banheiro dele. Eu não posso evitar — pego seu vidro de perfume e inspiro o cheiro, fechando os olhos.

O banheiro de Harry é revestido com piso de ardósia de cor cinza e os armários são cobertos com bancadas brancas de quartzo. É maior do que qualquer banheiro em que já estive. Há um boxe enorme com vários chuveiros, duas pias e uma imensa banheira. O vaso sanitário tem seu próprio espaço separado.

Bloqueio a saída da água da banheira e ligo a torneira para enchê-la, esperando para entrar até que esteja meio cheia e os espelhos estejam embaçados com vapor. E quando faço isso, gemo. Eu tinha um chuveiro pequeno no meu apartamento. Faz muito tempo que não tomo um banho de verdade, e nunca tomei numa banheira como esta.

Fico submersa por meia hora antes de me lavar com meu sabonete perfumado de coco e raspar minhas pernas. Eu poderia muito bem ficar na banheira por mais trinta minutos, mas me sinto culpada, já que Harry está cuidando de Avery para mim.

Quando saio da banheira, passo um pouco de loção com cheiro de coco nas pernas e nos braços antes de vestir uma calcinha, um short minúsculo preto de algodão e uma blusa branca. A blusa é bem explícita, delineando a forma dos meus seios e se agarrando ao meu corpo. Mas acho que, se Harry vai me fazer sofrer, vou retribuir o favor.

Solto o cabelo do coque bagunçado, deixando os cachos selvagens caírem em volta dos ombros. Então olho para minhas roupas sujas no chão, minha calcinha cor-de-rosa de renda, em cima da pilha. Deixo-as ali para Harry ver da próxima vez que entrar.

Quando vou para a sala de estar, seu olhar muda da TV, que ele deve ter ligado depois que saí, para mim. Seus lábios se abrem e seus olhos escurecem de fome à medida que me aproximo.

— Muito obrigada — sussurro, me curvando para tirar Avery dele. — Isso foi muito bom.

Depois de alguns segundos de silêncio, enquanto ele processa meu cheiro e minha aparência, Harry consegue dizer:

— Ah... claro.

— Vou levá-la para o meu quarto — aviso, de pé com Avery em meus braços. — É minha hora de dormir, também.

Ele me encara abertamente, mas ao invés de ficar ofendida desta vez, eu me sinto... poderosa. Posso ter o mesmo efeito sobre ele que ele tem em mim.

— Boa noite, Harry — digo, baixinho, indo embora.

Eu o vejo engolir em seco antes de responder:

— Boa noite, Winter.

CAPÍTULO ONZE

Harry

Colocando os óculos de leitura na mesa, eu me levanto e saio do escritório, esticando os braços enquanto caminho pelo corredor. Ainda nem é hora do almoço, mas preciso de uma pausa.

Domingo sempre foi meu dia para atualizar contratos e e-mails de trabalho. As manhãs de segunda-feira estão sempre cheias de reuniões, e eu gosto de estar por dentro de tudo quando uma nova semana começa.

Hoje, porém, minha mente continua vagando para Winter e Avery, que estão na sala. Ouvi algumas risadas de Winter e alguns choros de Avery, mas fora isso, tem sido tranquilo. Quando olho para a cozinha, vejo Winter esparramada no sofá usando uma blusa quase inexistente e um short.

Essas suas roupas nunca acabam. Juro que ela tem shorts e blusas em todas as cores do arco-íris, e ela as usa só porque sabe que isso me deixa louco. Tenho baixado aos poucos o ajuste do termostato do apartamento, esperando atingir uma temperatura que vai fazê-la colocar calças de moletom e um suéter, mas ela ainda não cedeu.

Avery está dormindo em sua cadeirinha ao lado do sofá, e Winter está fazendo palavras-cruzadas, óculos pendurados no nariz, enquanto estuda a página à sua frente, alheia à minha presença.

Mas eu com certeza não estou alheio a ela. Tenho que me forçar a desviar o olhar e ir para a cozinha, onde tiro coisas da geladeira para fazer um sanduíche. Coloco tudo na ilha, tentando pensar em qualquer coisa, menos na mulher incrivelmente sexy que está no meu sofá agora. Meu pau tem ficado mais tempo duro do que mole esses dias.

Nas últimas semanas, estabelecemos uma rotina. Seguimos a tabela de Winter para Avery: a primeira pessoa que acorda faz café e quem não está cuidando de Avery na hora de dormir garante que todas as mamadeiras estejam limpas.

Winter está trabalhando no salão de novo, organizando sua agenda para que trabalhe à noite algumas vezes por semana quando posso estar em casa com Avery. Ela me ignora o máximo possível, o que é enlouquecedor.

Termino de fazer meu sanduíche e me sento em um banquinho na ilha, levando-o à boca para mordê-lo quando Winter entra na cozinha, seu olhar ainda fixo no livro de palavras-cruzadas em sua mão.

Com um murmúrio, ela coloca o livro na ilha e me vê sentado ali quando olha para cima.

— Ah — ela diz, baixinho. — Não ouvi você entrar aqui.

A blusa de hoje é roxa-escura, um tom que fica bem nela. Estou com muito mais fome pelo que está do outro lado da ilha da cozinha do que pelo sanduíche na minha mão, mas só uma dessas coisas é uma opção.

— Só estou fazendo uma pausa — respondo, mordendo meu pastrami no pão de centeio.

— Você precisa de um corte de cabelo — ela fala enquanto escolhe uma fruta da grande cesta na ilha.

— Os biscoitos de pasta de amendoim não estão aí. Procure na despensa.

Ela me encara e vai até a geladeira, abrindo-a. No mês em que vivemos juntos, descobri algumas coisas sobre Winter Stevens. Uma dessas coisas é que ela finge que gosta de comer alimentos saudáveis e até come, mas o principal item alimentar em sua dieta é, sem dúvida, biscoitos de manteiga de amendoim. Compro sempre dois grandes pacotes para ela toda semana.

Depois de tomar uma garrafa de chá doce, ela vai até a despensa e pega o pacote de biscoitos antes de olhar para mim, me desafiando a fazer um comentário.

Sinto que já ganhei esta rodada, então dou outra mordida no sanduíche e fico de boca fechada.

— Seu cabelo está praticamente nos olhos — ela diz, tirando um biscoito do pacote.

Coloco o sanduíche no prato e limpo a boca com um guardanapo.

— Eu tinha marcado para cortá-lo na semana passada, mas algo surgiu no trabalho e tive que cancelar.

— Humm. — Ela morde o biscoito e me estuda enquanto mastiga. — Você quer que eu faça isso?

— O quê? Cortar meu cabelo?

Ela assente. Meu pau desperta em interesse com o pensamento de Winter me tocando, mesmo que seja só para cortar meu cabelo.

Dou de ombros, fingindo indiferença.

— Sim, seria bom. Você quer levar Avery para o salão com a gente algum dia?

Winter sorri.

— Não. Faço aqui mesmo.

— Por que o sorriso?

Ela hesita, então diz:

— Você não vai querer ir ao salão, confie em mim.

— Por que não?

— Bem... Mallory trabalhou meio período no salão antes de te conhecer e adoecer. Foi assim que eu a conheci.

— Ah. Então ela disse para todo mundo que eu sou um bosta?

Winter sorri sem jeito.

— Não, ela nunca disse nada sobre você para ninguém além de mim. Mas posso ter dito algumas coisas.

Reviro os olhos e balanço a cabeça.

— Imagino. Deve ter um alvo pendurado com uma foto do meu rosto no meio dele.

— Posso pegar minha tesoura e cortar agora, já que a Avery está dormindo.

Lanço um olhar suspeito para ela.

— Você vai fazer um corte de cabelo ruim só para se divertir?

Ela sorri e dá de ombros enquanto mastiga o biscoito, engolindo antes de dizer:

— Até gosto da ideia, mas não. Vou fazer um bom trabalho.

Limpando as migalhas de seus dedos, ela sai da cozinha. Um nervosismo passa por mim quando termino meu sanduíche depressa. Talvez Winter esteja finalmente caindo no meu charme.

Cinco minutos depois, estou sentado em um banquinho no meio da cozinha, meu cabelo molhado da água do borrifador de Winter. Ela está na minha frente, segurando o pente e a tesoura que tirou de um saco roxo que tem "Esmague o Patriarcado" bordado nele.

Seus peitos estão a uns quarenta centímetros do meu rosto. Deve ser por isso que ela se ofereceu para cortar meu cabelo — para que possa me provocar com o que não posso ter.

— Só aparar? — ela pergunta, passando a mão por meu cabelo.

— Sim.

Ela olha para mim, com um sorriso brincalhão.

— Acho que estou vendo o início de um ponto careca aqui, Harry Stone.

— É provável. — Dou de ombros. — Vou raspar a cabeça em pouco tempo, tenho certeza.

— Não. — Ela franze a testa. — Não faça isso.

— Devo tentar um corte *comb-over*?

Winter solta uma risada.

— Vou raspar suas sobrancelhas enquanto dorme se você fizer isso. — Ela faz o primeiro corte e alguns fios escuros caem no chão. — Você tem um longo caminho a percorrer até que seja visível para qualquer um que não olhe para o topo da sua cabeça. E você tem um cabelo bonito, então não enlouqueça e raspe tudo.

Meus lábios se abrem com surpresa.

— Isso foi... um elogio?

Ela sorri.

— Pare de se achar. Eu só disse que você tem um cabelo bom.

Fico aquecido por ela mencionar algo — *qualquer coisa* — que gosta em mim. Tenho uma vontade repentina e forte de fazê-la se sentir da mesma maneira.

— Você é incrível com a Avery — falo. — Tudo parece vir naturalmente para você, mas sei que é trabalho duro. Temos sorte de ter você... nós dois.

Ela faz uma pausa, o pente e a tesoura posicionados acima da minha cabeça, e baixa os olhos para evitar olhar para mim. Seguro um gemido de frustração. Não consigo ganhar com essa mulher.

— Isso foi um elogio — digo a ela. — Por que parece que acabei de te insultar?

Sua expressão fica neutra e ela dá de ombros, focando sua atenção no corte de cabelo mais uma vez.

— Só me diga, Winter. Nós dois sabemos que você não é boa em manter seus pensamentos para si mesma.

Ela balança a cabeça.

— Eu só... amo a Avery.

Lágrimas brilham em seus olhos e eu franzo a testa, confuso, imaginando o que fiz de errado agora.

— Sei que você ama. Mas por que isso está te chateando?

Ela corta uma parte do cabelo e depois suspira, e seus olhos baixam para encontrar os meus.

— Porque não vai durar. Isto... — Ela acena com a mão — não pode *durar*. Avery vai crescer e você não precisará de tanta ajuda. Você vai conhecer uma mulher e vai querer que *ela* more aqui em vez de mim.

Nunca morei com uma mulher antes de Winter, e não consigo imaginar querer mais ninguém aqui. Ela não só me odeia, como tem uma opinião sobre todas as coisas, até da espessura das minhas toalhas de rosto, mas me afeiçoei a ela.

— Não se preocupe com isso — digo, lutando contra a vontade de colocar as mãos em seus quadris e puxá-la para mais perto.

Ela acena e empurra um cacho castanho-avermelhado para longe do rosto.

— Eu não quero me preocupar. Quero aproveitar todos os dias que tenho com ela. Mas é difícil porque... — Ela pisca e as lágrimas caem em suas bochechas. — Juro que me apaixono mais por ela todos os dias.

— Não importa o que aconteça, Winter, você sempre estará na vida da Avery. Prometo.

Vê-la chorar mexe com algo dentro de mim. Minhas mãos se movem por conta própria e se enrolam em torno de sua cintura, puxando-a para mais perto. Ela prende a respiração, enquanto eu a trago perto o suficiente para sentir um cheiro limpo de talco — o cheiro de talco de Avery.

— Harry — ela sussurra, fechando os olhos.

Agora é a minha boca que está se movendo antes que eu tenha tempo de pensar sobre isso.

— Tudo vai ficar bem. Eu nunca vou partir o seu coração — digo, falando bastante sério. — Nunca.

Winter abre os olhos, cheios de súplica enquanto olha para mim.

— Você não sabe disso. O que vai acontecer se você acabar se apaixonando, Harry?

— Eu sou o horrível Harry, lembra? Eu não me apaixono.

Sorrio para que ela saiba que estou brincando com ela sobre os nomes com os quais ela já me chamou e a trago um pouco mais perto para que ela possa descansar a testa na minha. Seu hálito quente dança em meus lábios, enquanto eu me forço a não dizer mais nada.

— Você é horrível — ela sussurra.

Deslizo as mãos ao redor para apalpar sua bunda, e um pequeno gemido escapa. Como é bom finalmente ter as mãos sobre ela.

— O pior — concordo, apertando-a apenas o suficiente para provocar um gemido nela. A ponta dos meus dedos está sob a bainha da sua blusa, acariciando a pele quente e nua de sua cintura.

Estou em guerra comigo mesmo. Parte de mim quer desfrutar dessa dança lenta e sensual. Cada toque entre nós é o primeiro, e quero saborear cada sensação. Mas meus instintos primitivos estão me incitando a levar isso adiante, para o quarto. O que estamos fazendo é bom — muito bom —, mas eu quero *mais.*

Ela segura a lateral do meu rosto e eu me inclino sob seu toque, cada nervo disparando sob a sensação. Acho que nunca estive tão excitado. Winter tem um poder sobre mim que é emocionante e aterrorizante pra cacete.

Posso sentir sua respiração no meu rosto, enquanto ela aproxima os lábios dos meus. Se ela me beijar mesmo, eu aceito. Qualquer coisa que ela esteja disposta a me dar. *Vou aceitar tudo.*

Um choro soa da sala. Winter enrijece e se afasta, com os olhos arregalados, enquanto toca os dedos nos lábios.

— Ai, meu Deus — ela diz, se encolhendo. — O que estou fazendo?

— Ei...

Avery chora de novo e Winter sai correndo, sem nem olhar para trás. Solto um suspiro profundo, sabendo que não vai adiantar tentar falar sobre isso com ela. Ela vai gritar comigo sobre todas as razões pelas quais me odeia. Já tenho seu papo memorizado agora.

Tiro uma garrafa de água da geladeira e volto para o escritório, sem olhar para ela. Ela deve ser capaz de ler a minha expressão, e essa é a última coisa de que preciso, porque se Winter pudesse ver meu rosto neste momento, veria um olhar de satisfação ao invés de decepção.

Agora tenho certeza de que isso não é apenas uma coisa unilateral. Ela também sente. Só tenho que convencê-la de que não há problema em ceder à nossa atração.

CAPÍTULO DOZE

Winter

Minha cliente, Tara, admira a nova cor do seu cabelo no espelho da Perfectly Posh, o salão em que trabalho.

— Amei — ela diz, sorrindo. — Fico tão feliz que você esteja de volta. Ninguém conseguia colorir o meu cabelo da cor certa como você.

— É bom estar de volta — respondo, me sentindo bem de verdade.

Amo estar com Avery e sempre sinto uma pontada de tristeza quando tenho que sair para o trabalho, mas é bom ter uma razão para usar maquiagem e me vestir para sair novamente, mesmo que seja apenas calça jeans.

Depois que Tara me paga pelo corte, coloração e penteado, vou à sala de descanso para uma bebida antes do meu próximo compromisso, pegando o telefone para checar as mensagens.

Há uma mensagem do Harry. Quando abro, vejo uma foto de Avery dormindo com uma camiseta azul do Cubs de tamanho infantil e uma fralda, um bigode preto falso preso ao seu lábio superior. Começo a gargalhar.

Eu: Ela só precisa de uma lata de cerveja para completar o figurino.
Harry: E talvez um charuto...
Harry: Como está o trabalho?
Eu: Estou mudando vidas com um corte de cabelo de cada vez.
Harry: O que quer para jantar?
Eu: Comida tailandesa. Posso comprar no meu caminho para casa mais tarde. O que você quer?
Harry: Só me fala o que quer e eu peço para entregarem.
Eu: Frango pad thai, por favor.

Harry: Às suas ordens.

Eu: Você, senhor, não é nenhum Wesley.

Harry: Ei, mas eu daria um bom Pirata Roberts.1

Eu: É verdade. Tenho que ir! Minha próxima cliente chegou.

Harry: Vejo você mais tarde.

Eu: Beleza.

Deslizo o telefone para dentro da bolsa e pego alguns pretzels para comer no caminho de volta para a minha estação.

As coisas têm estado estranhas entre mim e Harry desde que quase nos beijamos. Pensei que ele tentaria outra vez em algum momento, mas não o fez e eu estou bem com isso, porque *não* vou dormir com ele.

Não importa o quanto seja gostoso, ele partiu o coração de Mallory. Eu seria uma completa traidora se deixasse que ele me convencesse a ir para a cama com ele. Tive um momento de fraqueza no outro dia, fiquei enfeitiçada por seu cheiro e pela sensação de estar com ele. Sem mencionar aquele olhar escuro e faminto dele.

Parte de mim gostaria que Harry encontrasse uma amizade colorida, para que ele parasse de olhar para mim como se eu fosse uma deusa do sexo sem a qual ele não consegue viver. Ele só está com tesão e esse é o seu jeito.

O fato de ele amar Avery não ajuda. Acho tão atraente quando ele baixa a guarda e faz caretas bobas e dancinhas só para fazê-la rir. Ele sabe como fazer cócegas nos pés dela para fazê-la sorrir, e ela até gargalhou para ele uma vez.

Ela está com três meses agora. Harry e eu cuidamos dela juntos há seis semanas, e embora ele ainda seja um bosta de maneira geral, é um pai muito bom. Ele fala com ela, abraça-a e eu até o ouvi cantar para ela. Ele estava cantando uma canção do Eminem, mas mesmo assim... ela gostou.

— E aí, o que você vai querer? — pergunto quando minha próxima cliente se senta na cadeira.

1 Referência ao filme *A Noiva Prometida*, cujo nome do personagem, no Brasil, foi traduzido como "Pirata Roberts". (N.E.)

Ela quer pintar, cortar e fazer luzes, então misturo a tinta e escuto seus planos de casamento enquanto passo pelo processo de aplicação da cor primeiro. Depois que faço as luzes e coloco o papel-alumínio no cabelo dela, deixo minha cliente sob um dos secadores de cabelo e volto para a sala de descanso, ansiosa para ver se Harry mandou outra mensagem.

Só há uma chamada perdida de Aubrey, então me sento e ligo de volta enquanto espero o cabelo da minha cliente ficar pronto.

— Oi! — Ela parece feliz, e eu sorrio.

— Oi, como você está? — pergunto.

— Quase andando igual a uma pata, acho.

— Você deve continuar linda.

— É, obrigada. Na verdade, estou comprando roupas de bebê agora.

— Parece divertido.

Ela suspira e dispara:

— É muito mais divertido do que eu esperava que fosse. Mal posso esperar para ver esse rostinho fofo e segurá-lo.

— Mal posso esperar para ser tia.

— Bebê Bateman e Avery terão a idade tão próxima. Espero que eles acabem sendo melhores amigos.

— Eu também — digo, sentindo uma pontada de preocupação.

— O que foi?

— Sei que este acordo entre mim e Harry não pode durar para sempre.

— Acha que ele vai se casar ou algo assim? Você não disse que ele é um galinha?

— Bom, sim, mas não posso deixar de me preocupar que em algum momento ele vai se casar.

— Você acha que ele iria tirar você da vida da Avery se casasse?

— Não, não acho que ele faria isso. Mas eu só me preocupo, sabe? A mãe dele está em um tour de cinco meses pela Europa e Ásia, e vai voltar em um mês. Ela mora em Nova York, mas virá direto para Chicago para conhecer a Avery quando a viagem terminar. E se ela quiser se mudar e cuidar da Avery e o Harry me botar para fora?

— Não se preocupe com coisas que ainda não aconteceram.

Suspiro com tanta força que um cacho perdido na minha testa voa um pouco para cima.

— Estou tentando.

— Lembra que você disse que não namora há algum tempo e que gostaria de começar a tentar?

Franzo a testa.

— Não foi isso que eu disse, Aubrey.

— Ah, tenho certeza de que foi sim.

— Não, estou bem assim. Gosto das coisas como estão.

Há uma pausa antes que ela diga:

— Ah, bem... Você tem que começar a namorar de novo. Você é um partidão, sabia?

— O que você fez? — pergunto, desconfiada.

— Não fique brava.

— Fale.

— Ah, tenho que ver esses tênis de bebês! Tenho que comprar.

— Aubrey, se concentre — digo, exasperada. — Se você criou um perfil de namoro para mim, juro que vou para a Califórnia comer todos os biscoitos da sua cozinha.

— Eu vou lutar com você, então boa sorte com isso.

— Sério, eu só tenho uns dez minutos de intervalo. Pelo amor de Deus, por favor, me diga que não há um outdoor sendo colocado em algum lugar com o meu número de telefone nele.

Ela ri.

— Não, nada disso. Tenho uma amiga da Faculdade de Direito,

Stephanie, e o irmão dela mora em Chicago. Ele é solteiro, atraente e sócio de uma empresa de gestão financeira. Muito bem-sucedido. Eu a fiz mostrar para ele uma foto sua e...

Resmungo.

— Você não fez isso. Por que você fez isso?

— Um encontro, tá bom? Vá a um encontro com ele. Por favor.

— Eu não quero ter mais complicações na minha vida agora, sério.

— Nós duas sabemos que você está sozinha, Winter. Você mesma me disse. Você merece estar com alguém incrível.

— Eu te amo por pensar assim, mas eu estou... satisfeita.

— Deixe esse cara gostoso te levar para jantar. Isso é tudo o que estou pedindo.

— Vou pensar sobre isso.

— Sério?

— Provavelmente não — admito. — Estou bem, Aubrey. Sério.

Ela suspira ao telefone.

— Tá bom.

— Me conte sobre você. Como estão as coisas? Como está o Chance?

— Ele está muito bem. — Posso ouvir o riso na voz dela. — Tenho a sensação de que finalmente estou onde deveria estar, e adoro isso.

— Você merece.

— Você também.

Coloco algumas moedas na máquina de venda automática da sala de descanso e pressiono os botões para pegar o doce que faz eu me sentir culpada, mas bem: biscoitos de pasta de amendoim.

— Vou resolver as coisas em algum momento — asseguro a minha irmã enquanto me abaixo para pegar o pacote do meu biscoito açucarado. — Agora eu escolho a Avery e estou feliz por estar com ela. Talvez um dia eu conheça alguém e tenha filhos, ou talvez não.

— Mallory teve sorte de ter você como amiga.

As palavras incomodam, ainda mais o "teve", porque é um lembrete de que minha melhor amiga se foi para sempre. Ela era tão jovem e tão cheia de vida.

— Sinto saudades dela — digo, baixinho.

— Sinto muito. Gostaria que houvesse algo que eu pudesse dizer ou fazer.

Mastigo os biscoitos, lágrimas borrando minha visão.

— Eu vou ficar bem.

— Eu sei.

— O fato de ter que me manter *bem* pela Avery ajuda.

— Ei, estou quase no caixa agora. Posso ligar de volta depois? — Aubrey pergunta.

— A gente pode conversar mais tarde. Tenho que voltar para uma cliente.

— Se cuida, tá bom? E me ligue a qualquer hora.

— Digo o mesmo. E me mande fotos do que você comprar hoje.

— Pode deixar. Te amo.

— Eu também te amo. — Encerro a chamada e como mais um biscoito.

Sei que minha irmã tem boas intenções — ela só quer que eu seja feliz. Mas trazer um novo homem para a minha vida agora não parece certo.

Não quero ter que explicar que vivo com um homem com quem não estou envolvida, mas estou ajudando a criar um bebê que é dele, mas não meu. Relacionamentos começam com diversão e jogos, mas, em algum momento, eu estaria com um cara que esperaria que eu colocasse passar tempo com ele à frente do meu tempo com Avery.

Não vou fazer isso de jeito nenhum. Avery precisa de mim.

A única vantagem de conhecer um homem de que eu goste seria a distração de Harry. Não dá para negar que ele é gostoso e eu o pego olhando para mim muitas vezes; suas intenções são claras.

Não vou ceder, mas está ficando mais difícil manter meu forte ódio por ele. Mas ele não consegue ler a minha mente, então tudo o que tenho que fazer é manter meu exterior áspero quando ele olha para mim como se estivesse morrendo de fome, como se eu fosse uma refeição gourmet.

Eu o deixei ter um gostinho quando quase nos beijamos, mas foi um momento de fraqueza. Foi um erro. E com certeza não vai se repetir.

CAPÍTULO TREZE

Harry

Tenho medo até de respirar. Levei mais de quarenta minutos para que Avery se acalmasse e voltasse a dormir depois de sua mamadeira noturna.

Uma respiração profunda ou rangido da cama poderia acordá-la de novo. Isso me lembra dos meus dias de militar na ponta dos pés em torno de minas terrestres. O perigo não é tão grande agora, mas estou *cansado* pra caralho. Eu preciso mesmo do período de três horas de sono entre agora e meu alarme de cinco horas.

É difícil ter que me levantar e me arrastar para a academia depois de dormir pouco, mas me obrigo a fazer isso todos os dias da semana. Fico tanto tempo sentado no trabalho que os treinos matinais são os únicos exercícios que faço hoje em dia.

Acalmo a mente e estou quase de volta ao sono quando Avery começa a se mover em seu berço. Ela solta um resmungo, depois outro. Fico quieto, esperando que ela se acomode e volta a dormir.

Não tenho essa sorte. Em trinta segundos, ela já está chorando. Saio da cama para pegá-la, embalando-a no meu peito nu e a balançando. Toda vez que tento dar a ela a Bibi, ela a cospe da boca com raiva.

Winter me disse que ela não fala com Avery entre oito da noite e seis da manhã. Ela disse que leu em um livro que os pais devem manter os bebês no escuro durante o período noturno designado e não falar com eles durante a mamadeira noturna ou troca de fraldas, porque ajuda a criar uma rotina de sono.

Mas Avery acha minha voz reconfortante.

— Lembra-se da história que li sobre os patinhos indo dormir? — pergunto a ela. — Agora é a sua vez. Menininhas devem dormir às duas da manhã. Está escuro lá fora.

Ela continua chorando, então começo a andar. Esfrego as costas dela, balanço-a nos braços e até tento ligar o chuveiro no meu banheiro para ver se o som da água corrente consegue acalmá-la.

Nada funciona. Beijo sua bochecha redondinha e me viro para mostrar nosso reflexo no espelho do banheiro.

— Olha a bebê rabugenta — murmuro. — Ela gosta de fazer o pai beber uma garrafa inteira de café no trabalho só para conseguir ficar acordado durante o dia.

Avery curva o lábio em uma expressão feliz que me derrete todas as vezes. Eu a seguro perto do peito de novo, beijando seu cabelo macio.

— Você quer que o papai ligue os Stones? Eu poderia dançar até você dormir, quem sabe?

Pressiono alguns botões no painel de parede que controla o sistema estéreo no meu quarto e *Get Off of My Cloud* começa a tocar. Avery faz uma pausa por um segundo, mas depois enruga o rosto e continua chorando.

Balançando-a de leve ao som da música, eu vagueio devagar pelo quarto.

Três músicas depois, posso ouvir a exaustão em seus gritos, mas ela continua firme e forte. Eu, por outro lado, estou prestes a cair.

Com cuidado, eu a coloco de volta no berço, o que a irrita bastante. Sinto uma dor de cabeça chegando, construindo sua base em meu crânio.

É hora dos armamentos pesados. Ou armamento pesado, acho. Entro no quarto de Winter, onde posso vê-la iluminada pelo brilho escuro de seu abajur.

Os forros de cama estão uma bagunça, o lençol está enrolado em torno de uma de suas pernas enquanto ela ronca suavemente, deitada de bruços. Eu pigarreio, esperando acordá-la. Ela nem se mexe.

Vou para o lado da cama e me abaixo.

— Winter?

Ela uiva e pula de joelhos sobre cama.

— Harry, mas que droga!

— Meu Deus, Winter, eu não sou o assassino do machado ou algo assim. Eu só preciso de sua ajuda com a Avery.

Ela se abaixa até que esteja sentada na cama, colocando uma palma no peito.

— Eu não estou acostumada a ver ninguém no meu quarto, tá bom? Você me assustou pra caramba.

— Os caras nunca passam a noite com você?

Ela me encara.

— Isso não é da sua conta. — Ela tenta desenrolar o lençol de sua perna, mas está sentada sobre ele.

Rio da sua tentativa de parecer com raiva enquanto trava uma batalha perdida com um lençol.

— Quer ajuda? — pergunto a ela.

— Pode deixar. O que está acontecendo com a Avery?

Ela desliza para a borda da cama e usa as duas mãos para se libertar do lençol. Não posso deixar de notar que uma boa parte de um seio escapou pelo lado da sua blusa. Me sinto culpado, então desvio o olhar.

— Ela está chorando há mais de uma hora.

— Você deu mamadeira para ela?

— Claro que dei — disparo. Suspiro e balanço a cabeça. — Desculpa, só estou cansado, não queria ser rude. Eu a alimentei, troquei, balancei, cantei para ela, tentei a Bibi, andei com ela, liguei o chuveiro...

— Eu fico com ela. — Winter se levanta e alcança o coque bagunçado em sua cabeça para arrumá-lo.

Meu olhar vagueia para a faixa de sua cintura que está exposta, e eu tenho uma breve fantasia sobre colocar as mãos em sua pele e deslizar a camisa sobre sua cabeça.

Então ouço Avery chorando, o que me acorda do devaneio.

— Eu... Não, eu não estava pedindo para você ficar com ela para mim. Você pode me ajudar a fazê-la voltar a dormir?

— Posso.

Winter caminha pelo corredor até meu quarto, e eu a vejo andar, admirando o que consigo ver de sua bunda à luz pálida. Ela usa cuecas masculinas para dormir às vezes, e eu me pergunto se elas costumavam pertencer a um homem com quem ela namorou.

Se for, ele era um cara muito pequeno.

Eu a sigo até o quarto, e ela já está com Avery nos braços quando eu chego lá.

— *Shhh*... Ah, está tudo bem, meu amor — ela cantarola. — Estou com você agora.

Engolindo em seco, eu só fico ali, me sentindo ao mesmo tempo encantado e inútil. Winter tem um toque mágico com minha filha. Ela tem aquela coisa de instinto materno muito forte, e eu acho isso muito sexy.

Quando eu tiver um dia de merda no trabalho, como seria puxar Winter para os meus braços e fazê-la dizer "está tudo bem, meu amor" no meu ouvido?

Muito bom. Seria muito bom. Não que eu queira ser tratado como um bebê — de jeito nenhum —, mas Winter pode ser durona ou um amor, dependendo de com quem ela está lidando.

Gosto disso nela. Bastante. Ela não é boba, mas tem um coração enorme.

— Vá dormir, Harry — ela diz, baixinho.

Solto um suspiro.

— Eu não preciso que você assuma, é a minha noite. Se puder me ajudar...

— Estou acordada agora, estou com ela. Não há necessidade de nós dois estarmos acordados.

— Tem certeza? — pergunto, já caminhando em direção à cama.

Seus lábios formam um sorriso.

— Sim.

Acho que estou dormindo antes mesmo de me deitar no colchão. A próxima coisa que escuto é a música definida como meu alarme matinal que começa a tocar no meu celular. O instinto me faz agarrá-lo e imediatamente desligá-lo. Não quero que acorde a Avery.

Deitando minha cabeça de volta no travesseiro para me dar um minuto para acordar mentalmente, ouço uma respiração suave ao meu lado. Me viro para ver Avery de costas entre mim e Winter, com os braços acima da cabeça em sua posição favorita para dormir. Sua Bibi está na cama ao seu lado.

Winter está ao lado dela, curvada em torno de Avery. Me surpreende o jeito que as duas se encaixam na minha mente. Não consigo imaginar Winter sem Avery e não consigo imaginar Avery sem Winter.

Também não consigo *me* imaginar sem nenhuma delas. E isso é um problema, porque Winter não quer nada comigo em termos românticos.

Porém, eu nunca fui de abandonar um desafio. Meu treinador de hóquei do colégio me disse que eu precisava desistir dos meus sonhos de jogar na faculdade, porque eu simplesmente não estava nesse nível. Eu me esforcei, praticando duas vezes mais duro e mais tempo que os outros caras durante a semana e treinando sozinho nos fins de semana.

Não só joguei na faculdade, como cheguei a NHL. Quando levantei a taça Stanley naquela noite e um repórter me perguntou a quem eu queria agradecer por isso, agradeci àquele treinador do colégio.

Basta me dizer que não consigo fazer algo, que eu encontrarei uma maneira. Enganei a morte enquanto servia no Oriente Médio, porque sabia que minha história ainda não tinha terminado. Eu sabia que precisava construir programas para ajudar os veteranos, e esse era o propósito que me manteve vivo lá.

Agora, porém, sei que não foi só isso. Havia uma futura família esperando por mim. Uma menina e essa bomba ruiva que me deixa louco de uma maneira que eu nunca soube de que precisava.

Quero ficar aqui, neste momento e neste lugar. É certo ter Winter na minha cama, com Avery calma e segura entre nós.

Mas a realidade chama. Deslizo devagar para fora da cama e vou para o meu guarda-roupa para pegar roupas de treino.

Talvez elas ainda estejam dormindo na minha cama quando eu chegar em casa. Espero que sim. A cena no meu quarto agora não é a minha realidade, mas talvez um dia possa ser.

Fazer Winter me dar uma chance é um dos maiores desafios que já enfrentei. Mas estou disposto a tentar. Quando sei o que quero, luto por isso.

CAPÍTULO QUATORZE

Winter

Estou confortável e ainda sonolenta, mas sou acordada por um cheiro irresistível de sabão e perfume. Quando abro os olhos e vejo de onde vem o cheiro, solto um gemido.

Harry está saindo de seu closet enorme, com uma toalha branca enrolada na cintura. Seu cabelo escuro e molhado está escovado para trás e ele está passando a mão sobre seu rosto recém-barbeado.

Esse maldito perfume. Juro que esse negócio me faz sentir coisas.

— Bom dia — ele sussurra.

Avery está dormindo ao meu lado, e espero que ela fique pelo menos mais uma hora se ninguém a acordar. Ela sofreu muito ontem à noite, e levei um tempo para descobrir que ela não estava com dor e não precisava de nada. Ela só queria ser abraçada. Seus gritos não eram de desespero, apenas de irritação.

Em algum momento, ela pegou sua Bibi quando ofereci e começou a adormecer. Eu a coloquei na cama entre Harry e mim, afastando as cobertas dela, para que eu pudesse facilmente devolver a chupeta se ela a cuspisse.

Agora, porém, sinto uma onda de culpa. Acabei de acordar na cama de Harry Stone. Mesmo que eu só esteja aqui pela Avery, isso não está certo.

Ultimamente, não estou fazendo um bom trabalho odiando Harry, e odiá-lo é importante para mim, pois ele partiu o coração de Mallory. Acordar ao seu lado com Avery dormindo entre nós era o sonho da minha melhor amiga. Eu não pertenço a este lugar.

Deslizo para fora da cama e a pego, beijando o topo de sua cabeça enquanto ela boceja.

— Você não precisa se levantar — Harry sussurra, se aproximando de nós de fininho.

Sinto seu calor ao meu lado e fecho os olhos; meu corpo traidor está gostando disso.

— É o meu dia — digo. — Começo às sete.

— Isso não importa.

— Importa para mim.

Tateio e pego a Bibi de Avery, me recusando a olhar para Harry. Ele está muito bonito enrolado em uma toalha, e acho que apenas um movimento em falso seria capaz se soltá-la e fazê-la cair.

Eu já o deixei quase me beijar e dormi na sua cama. Essas coisas já são ruins o suficiente. Não há volta se eu o vir nu.

Levando Avery para a sala, eu a coloco em sua cadeirinha e a afivelo. Quando ponho a chupeta de volta na sua boca e ligo o balanço, ela volta a dormir.

Vou para a cozinha fazer café, em seguida, começo a descarregar a máquina de lavar louça. Já estou quase terminando quando Harry entra, vestido com um terno cinza-escuro, uma camisa branca perfeitamente passada e uma gravata azul-marinho.

— Está tudo bem? — ele pergunta enquanto se serve de uma xícara de café.

— Sim. — Eu me concentro em organizar as mamadeiras de Avery em cima do balcão para que não tenha que me virar e olhar para ele.

— Então, tenho um evento de arrecadação de fundos no centro neste fim de semana. Sábado à noite. Estamos arrecadando dinheiro para construir um novo projeto habitacional para veteranos. A Fundação Chicago Blaze está patrocinando o evento, esse era o meu time.

— Eu sei em que time você jogava — digo gentilmente. — E eu cuido da Avery na noite para que possa ir, ou troco com você, ou o que quer que esteja me pedindo.

— Ótimo — ele diz. — Porque o que estou pedindo é para você ir comigo.

Eu me viro às pressas para encará-lo, deixando as mamadeiras de lado.

— Como é?

— Podemos escolher um vestido para a Avery e mostrá-la a todos. — Ele sorri e tira a carteira do bolso da calça. — Vou deixar um cartão de crédito para que você possa comprar o que precisarem. E, por favor, não se preocupe com o custo, está bem?

— Não — disparo, incapaz de encontrar outras palavras agora.

Harry olha para mim.

— Winter, eu tenho dinheiro mais do que suficiente para...

Finalmente, encontro minha voz.

— Não estou falando sobre o dinheiro. Quero dizer, *não*, eu não vou.

— Por que não? — ele questiona, inquieto.

— Você acha que pode me dar o seu cartão de crédito e aí eu vou fazer compras e ficar toda bonita para que possa entrar nesse evento ao seu lado como uma namorada apaixonada? Eu nem gosto de você, Harry. Por que eu faria isso?

Ele revira os olhos e diz:

— Lá vamos nós.

— Não me trate como criança.

— Por que você é tão teimosa, Winter? Você e eu sabemos o quanto você gostaria de se vestir para sair por uma noite.

— Não com você!

— Você é muito mentirosa.

Ele esfrega a mão no rosto e então nivela seu olhar intenso ao meu, enviando um arrepio para a minha espinha.

— Se eu quisesse ir, diria que sim. — Dou de ombros. — Mas eu não quero, então estou dizendo não. Se você acha que conhece minha mente melhor do que eu, não me importo nem um pouco.

— Uma hora você vai se cansar de se fazer de indiferente.

Eu me aproximo dele, me apoiando contra a borda da ilha da cozinha.

— Eu não sou indiferente — digo, fervendo. — Eu não suporto você. Você é presunçoso, arrogante e supõe que nenhuma mulher resiste ao seu tanquinho e ao seu dinheiro, mas *você* é o único mentiroso, porque eu nem gosto de tanquinhos.

Ele franze a sobrancelha, se divertindo.

— Você não gosta de tanquinhos?

— Não. — Cruzo os braços. — É como abraçar uma pedra.

— Está bem, com certeza você tem... coisas hormonais acontecendo agora, então por que não...

— Você está tentando mesmo me dizer que eu estou de TPM? — Estendo as mãos na minha frente. — Eu não consigo mesmo lidar com você, Harry. Contrate uma garota de programa para ir à arrecadação de fundos com você. Ela vai piscar os cílios e abrir as pernas como você quer.

— Tudo bem. — Ele dá de ombros. — E você quer ficar aqui com a Avery?

Estou prestes a dizer sim, mas algo me impede. Foda-se ele por não presumir que ninguém além dele me pede para sair num sábado à noite.

— Na verdade, não. Eu não posso cuidar dela, porque tenho planos.

Ele ri com amargura.

— Mentira. Você não trabalha sábado à noite, Winter. Só quer me ferrar para que eu não possa dormir com mais ninguém na noite do evento, já que vou estar com a Avery.

— Eu não disse que vou trabalhar. Eu tenho um encontro.

— Sério? — Outra risada, e ele coloca as mãos nos quadris, me olhando, perplexo. — Bem, isso foi rápido. Porque cinco minutos atrás você disse que poderia cuidar da Avery.

— Eu tinha esquecido.

— Ele parece um grande cara. Qual é o nome?

— O que, o nome do cara?

Os olhos de Harry estão escuros de aborrecimento. Estou incomodando-o.

— Sim, do *cara* — diz ele, fazendo aspas com os dedos.

— Não é da sua conta.

Avery começa a chorar na sala e eu faço uma careta para Harry e digo:

— Bom trabalho, idiota. Você a acordou.

Ele faz outra careta de volta.

— Certo, tudo é sempre minha culpa.

— Se você diz.

— Winter, para uma mulher adulta, você consegue ser bem infantil às vezes.

Meus olhos se arregalam em surpresa

— *Eu* consigo ser infantil? Você só pode estar brincando.

Harry despeja seu café em um copo térmico, seus lábios formando uma linha fina.

— Quer saber? Faça do seu jeito. Ignore algo ótimo só porque quer ser tão teimosa.

Eu rio com amargura.

— O que, você? *Você* é o algo ótimo que eu estou perdendo?

— Não só eu, Winter. *Nós*. Mas você quer continuar vivendo em seu universo alternativo e rancoroso onde eu sou a pior pessoa de todos os tempos.

— Eu não suporto você — disparo de volta. — E não por causa de algo da minha cabeça, mas por causa do que fez com a Mal. Você a seduziu e acabou com ela.

— Ela se deixou levar. Fui honesto com ela sobre não querer um relacionamento ou qualquer coisa séria. — Ele tampa seu copo térmico e depois caminha até a despensa para pegar as chaves do carro, sem olhar para mim. — Ela disse que estava tudo bem, que não queria nada sério também. Mas acreditar em mim não se encaixa na sua narrativa de que eu sou o inimigo, não é?

Agora estou na sala, desafivelando Avery da cadeira dela.

— Mesmo que seja verdade, eu não sou como a Mal — admito. — Não acho que você valoriza as mulheres e acho que nunca vai mudar. Só estou aqui pela Avery. Se não fosse por ela, eu nunca mais gostaria de ver a sua cara de novo.

— O sentimento é mútuo — Harry zomba de mim e sai do apartamento. O som da porta se fechando marca a nota final da nossa discussão.

Abraço Avery por alguns minutos até que eu esteja calma outra vez, então a coloco no tapete de atividades na sala para que ela fique um pouco de bruços. Me sento ao lado dela e digito uma mensagem para Aubrey.

Eu: Mudei de ideia. Vou sair com aquele cara que você arranjou para mim.
Aubrey: Ótimo! Vou dar o seu número para o Douglas.

Murmuro ao responder.

Eu: Hããããã... o nome dele é Douglas?
Aubrey: Nem começa. Ele não tem culpa do nome que deram para ele.
Eu: Sim, mas ele não deveria se chamar Doug? Estou imaginando um cara que usa camisas abotoadas mesmo quando não está de gravata.
Aubrey: Dê uma chance para ele, tá bom?
Eu: Vou dar.
Aubrey: Me conta como foi depois.
Eu: Pode deixar.
Aubrey: Está concordando com isso porque dormiu com o Harry e se sente culpada?
Eu: Não! Nunca vou dormir com aquele idiota pomposo.
Aubrey: Então é tão horrível assim morar com ele?

Penso em como devo responder a essa pergunta. Não é horrível conviver com ele, mas é muita coisa para falar por mensagem.

Eu: Ele é horrível em geral. Tenho que ir fazer comida de bebê, a gente se fala depois.
Aubrey: Tudo bem, mas me avise quando ele mandar mensagem.
Eu: Pode deixar.

Deixo o celular na mesa de centro e pego uma Avery rabugenta do chão. Ela não é lá muito fã de ficar de bruços.

Levando-a para a cozinha, eu a coloco em uma cadeira de descanso no chão e a movo para que eu possa vê-la enquanto faço purê de frutas e legumes para quando ela começar a comer sólidos.

— Talvez o Douglas seja o homem dos meus sonhos, Avery — digo. — O que você acha?

Ela faz um barulho e eu olho para ver que ela cuspiu em cima de si mesma. Não deve ser um bom sinal. Mas passar a noite de sábado com Douglas será melhor do que passá-la nos braços de Harry, mesmo que Douglas não seja meu futuro marido.

O que eu preciso mesmo é de uma distração do CEO tatuado com quem moro. Harry está me afetando muito. Há uma atração entre nós, mas nunca será mais do que isso.

Os limites estão ficando borrados, e é hora de eu pôr um fim nisso.

CAPÍTULO QUINZE

Harry

— Olha só para todo esse cabelo escuro! Ela se parece com você — Reese Deveraux declara enquanto faz uma cara boba para Avery. — Ela é muito linda, Harry.

— Obrigado.

Seu marido, Knox, me dá tapinhas nas costas, perguntando:

— Onde você esteve, cara?

Mexo a cabeça em direção à minha filha, que está balançando e murmurando em meus braços.

— Acontece que bebês tomam conta da sua vida toda, cara.

Knox ri.

— Pois é, tomam mesmo. Contratamos uma babá para o nosso bebê hoje à noite. Eu nem sabia que você estava esperando uma filha até ouvir que tinha uma algumas semanas atrás.

Somos dois, mas não falo nada. Knox é um defensor do Blaze e um bom amigo, mas vou contar a história para ele algum outro dia, tomando cerveja.

— Avery é um grande empecilho na minha vida social, mas vale a pena — digo.

— Você tem alguma ajuda? — Reese pergunta. — Ou é só você?

— A mãe da Avery faleceu logo após o nascimento. Eu tenho alguém que me ajuda, mas ela não conseguiu vir hoje à noite.

— Sinto muito — Reese fala, franzindo a testa.

Ela está segurando o braço do marido, que é o dobro do dela. Há uma familiaridade entre eles que é íntima. Sempre pensei que familiaridade e intimidade eram opostas — como você pode realmente ficar com tesão por alguém com quem já esteve mil vezes?

Mas Knox e Reese não conseguem manter as mãos longe um do outro. Quando entraram no salão onde a arrecadação de fundos estava sendo realizada, eles estavam de costas para mim e vi Knox deslizar a mão da cintura até a bunda dela. Ela olhou para ele com um brilho nos olhos que eu podia ver mesmo de longe.

Aqueles dois vão fazer um sexo épico hoje à noite. E estou com ciúmes. Eles devem conhecer cada centímetro um do outro. Isso nunca pareceu sexy para mim antes, mas agora? Agora é tudo o que eu quero.

Segui todas as linhas e curvas do corpo de Winter naquelas blusas e shorts com meus olhos, e nunca me canso disso. Pelo contrário, quase caí de uma cadeira outro dia, enquanto tentava ver por baixo da sua camiseta quando estava na cozinha e ela estava se curvando para pegar algo na sala.

Se meus olhos a querem cada dia mais, tenho certeza de que minhas mãos e boca sentem a mesma coisa.

— Estamos bem — garanto a Knox e Reese, balançando Avery um pouco quando ela se agita.

— Posso fazer algo para ajudar? — Reese oferece.

— Não, eu só preciso andar com ela, mas obrigado.

— Caso eu não tenha outra chance de falar com você hoje, Harry, muito obrigado por sua recente doação para o abrigo, veio na hora perfeita. Estamos usando parte do dinheiro para comprar computadores e impressoras para nossos moradores usarem para fazer o dever de casa.

— Que bom. Estou feliz em ajudar um pouco.

Reese sorri.

— Você ajudou *muito*. Sei que não quer reconhecimento por isso, mas está fazendo a diferença para as mulheres e crianças que ajudamos.

— Fico feliz.

Ela assente e se vira para Knox, e eu vou embora com Avery, beijando sua testa.

Reese é uma chef de cozinha que dirige um abrigo para mulheres e crianças. Há um restaurante de luxo ligado ao abrigo, e os moradores fazem muito do trabalho de lá. É um modelo que eu gosto de apoiar — ajudar as pessoas a desenvolver habilidades para que elas possam se sustentar quando estiverem prontas.

Isso é o que todos os veteranos que eu conheço querem também — apenas um auxílio, não tudo de mão beijada. Dar essa ajuda é o que me deixa animado sobre trabalhar todos os dias.

Quando olho ao redor do salão de baile, decorado com plantas ornamentais e arranjos de flores, vejo outros casais como Knox e Reese. Em pé, juntos, rindo, trocando beijos rápidos.

Isso me faz pensar em Winter, é claro. Se ela levar o cara para a minha casa para transar, vou arrancar o saco dele e enfiar pela sua garganta.

Mas espere, e se ele a levar para casa dele? Fico tenso enquanto imagino Winter entrando no apartamento de manhã, cabelo bagunçado e roupas amarrotadas por terem estado no chão de outro cara.

Avery parece sentir meu humor. Ela enruga o rosto e começa a chorar. Eu a seguro perto e cantarolo uma música suave, desejando não ter vindo hoje. Não estou com disposição para socializar.

— Harry Stone!

Sinto uma mão no ombro, acompanhada pelo perfume doce e potente que é a marca registrada de Polly Lambert. Ela é uma *puck bunny*, uma fã, que persegue os jogadores do Blaze ativos e aposentados há alguns anos. E não estou *mesmo* com disposição para lidar com ela.

— Oi, Polly — digo, me virando para encará-la.

Ela vê Avery e inspira com força, seus lábios vermelhos formando um "O".

— Então é verdade! Você tem um bebê! Quem é a garota sortuda?

— A mãe da Avery faleceu, infelizmente.

O rosto inteiro da Polly se ilumina.

— Sinto muito em ouvir isso, Harry. Eu adoro bebês. Posso segurá-la?

— Ah, é, hã... obrigado, mas ela está meio enjoada agora.

Polly estende os braços, sorrindo.

— Eu consigo acalmá-la. Tenho um toque mágico, você sabe, e não quero dizer apenas com bebês.

— Aí está você — Mia Petrov, a esposa do atual capitão dos Blaze, fala ao se aproximar de nós. — Ouvi dizer que você estava aqui, mas não conseguia te encontrar. Durand quer falar com você, e daqui a pouco será hora do seu discurso. — Ela dá uma olhada rápida em Polly e diz: — Ei, Polly, que bom que conseguiu vir. — Com isso, ela coloca a mão nas minhas costas e me leva embora.

— Obrigado — digo, baixinho.

— Ela é uma víbora — Mia murmura. — Os caras estão todos zoando o Beau porque ele deixou a Polly fazer um boquete nele há algumas semanas quando ele estava bêbado.

Depois de uma única gargalhada, respondo:

— Ele e muitos outros caras. Eles costumam ficar envergonhados demais para admitir.

Mia me lança um olhar cético.

— Por favor, me diga que você não esteve com aquela IST ambulante.

— Nem fodendo. — Me encolho.

— Que bom. — Ela para de andar e sorri para Avery. — Ela é linda, Harry. Você que escolheu o vestido dela?

Mia coloca de leve a mão no ombro do vestido vermelho macio de Avery, que tem uma saia de babados e uma faixa gigante na cabeça com um laço para combinar.

— Não, foi... uma amiga — revelo, grato a Winter por ter escolhido uma roupa para minha filha. Se eu tivesse sido o responsável, ela estaria usando um macacão.

— Sua amiga tem bom gosto. Agora, por que não a deixa comigo, já que Durand quer mesmo falar com você e daqui a pouco será hora do seu discurso?

— E eu pensando que você estava me salvando da Polly.

— Eu não ia te chamar por mais alguns minutos, então ainda estou esperando um agradecimento — Mia diz enquanto passo Avery para ela.

— Ela comeu há duas horas e eu a troquei há meia hora. Ela deve estar um pouco cansada, mas gosta quando andamos. E a sua Bibi está na bolsa de fraldas.

Mia arqueia as sobrancelhas, impressionada. Parece que ela está prestes a dizer algo, mas então pressiona os lábios, fechando-os.

— Surpresa que eu sou bom de verdade com essa coisa de ser pai? — zombo.

Ela sorri sem jeito.

— Eu diria mais impressionada do que surpresa. Bom para você, Harry.

— Eu tenho ajuda, ela só não está aqui hoje.

— É uma babá, ou...?

— Não, ela... não é uma babá.

— Ah. — Mia sorri em compreensão. — Bem, estou feliz por você.

— Não fique feliz por mim ainda. — Balanço a cabeça. — Ela me odeia.

Mia ri, balançando Avery gentilmente nos braços.

— Ah, bem, pela sua cara, pensei que ela era a sua namorada.

— Eu quero que seja — admito. — Mas ela está em um encontro com outro homem hoje.

— Ela está em um relacionamento?

— Não, é um encontro às cegas. — Suspiro com força. — Mas se der certo, acho que ela pode começar um em breve.

— Por que ela te odeia?

Dou de ombros.

— Começou com um mal-entendido. E ela é teimosa pra caramba, então não se deixa pensar diferente da sua opinião anterior sobre mim.

Mia acena em compreensão.

— Bem, recomendo uma conversa sincera. É do que vocês precisam. Diga para ela como se sente. — Sua expressão se torna severa. — E não torne a conversa sobre sexo.

— Por que acha que eu tornaria a conversa sobre sexo?

— Porque você é homem. Mulheres boas querem saber que você tem sentimentos por elas além de querer levá-las para a cama.

— Sim, acho que faz sentido.

— Durand está acenando para eu mandar você para lá — ela diz. — É melhor você ir.

— Está bem. Por favor, não perca a minha filha — falo com um olhar irônico. — E obrigado pelo conselho.

— Disponha.

Mia leva Avery para um grupo de esposas dos jogadores do Blaze, e elas já estão caindo em cima de Avery antes mesmo que ela chegue lá. Peço uma bebida de um garçom que passa e vou até Olivier Durand, o dono do Blaze.

Antes de chegar até ele, pego o celular, esperando ver uma mensagem de Winter dizendo que seu encontro foi uma merda.

Nada. Xingo em silêncio e forço um sorriso para Durand.

Se eu não tivesse Avery comigo hoje, acabaria tomando mais do que alguns drinques. Em vez disso, fico dolorosamente ciente de cada minuto que Winter passa em seu encontro.

Que tipo de perdedor precisa ir a um encontro às cegas, afinal? E para onde ele vai levá-la?

— Meu Deus, Harry, por que está com essa cara? — Durand pergunta, rindo.

— Deve ser por ver essa sua cara horrorosa — brinco enquanto aperto sua mão.

— Não, essa sua cara tem *problemas com mulheres* escrito.

Zombo e agradeço ao garçom, que retorna com a minha cerveja.

— Se com isso você quer dizer uma mulher tão teimosa e frustrante que me faz querer socar todo mundo, então sim, é isso.

Durand põe a mão no meu ombro.

— A boa notícia é que há muitos peixes no mar.

— Não como ela — murmuro.

Durand ri com entusiasmo.

— Mas que merda, cara. Você *está mesmo* com problemas com essa aí, hein?

Tomo um longo gole de cerveja e digo:

— Você não faz ideia.

— Quer falar sobre isso?

— Não, quero estar em um bom estado quando eu fizer meu discurso e falar sobre a Winter terá o efeito oposto.

— Vamos marcar um jantar. Aí você me conta tudo.

— Seria bom.

Falamos de hóquei, então. Mesmo que ele nunca tenha jogado como profissional, Durand poderia falar hóquei por horas a fio. Não joguei profissionalmente por muito tempo, mas tenho boas lembranças e amizades para toda a vida daqueles dias.

Checo o celular de novo para ver se Winter mandou uma mensagem, mas nada ainda. Balanço a cabeça e enfio o celular de volta no bolso. Ela é a primeira mulher que me irrita com as coisas que *não faz* e as coisas que *não diz*.

É melhor ela estar de volta ao apartamento quando eu chegar em casa mais tarde, ou posso perder mesmo a cabeça.

CAPÍTULO DEZESSEIS

Winter

Entro no apartamento por volta das dez e meia da noite e fecho a porta sem fazer barulho. Um murmúrio na luz fraca me faz olhar ao redor em dúvida.

Quando toco no interruptor para acender uma lâmpada, vejo Harry em sua cadeira reclinável favorita, com Avery aconchegada em seu peito, e parece feliz.

— Oi — cumprimento.

— Oi.

— Quer que eu apague a luz?

— Não, está tudo bem. Ela não está cansada por alguma razão. Acho que foi muita emoção hoje.

Sorrio e vou até o sofá, me sentando.

— Todos a amaram?

— Claro que sim. Ela é a bebê mais linda de todos os tempos. — Harry beija o topo da cabeça de Avery e eu sinto um aperto no peito.

Mesmo com todos os seus defeitos, ele ama a filha, e isso só aumenta a atração que não quero sentir por ele.

— Como foi o seu encontro? — ele pergunta.

— Foi bom.

— Foi mesmo? São só dez e meia e você já está em casa.

Estreito os olhos.

— Nem todo homem tenta dormir com uma mulher no primeiro encontro, Harry. O cavalheirismo não está morto.

— Vai sair com ele de novo?

Não quero sair com o Douglas de novo. Ele foi gentil, mas a noite toda foi estranha, e não tivemos muita química. Ele pediu para sairmos de novo, e eu disse que checaria minha agenda. Mas não vou contar nada disso a Harry.

— Vou.

— Quando vou conhecê-lo?

— Nunca.

Harry ri.

— Esse cara nem existe, né? Você inventou um encontro só para me deixar com ciúmes.

— Acho que você vai acabar descobrindo, não é? E isso me lembra que meu quarto é à prova de som também ou só o seu?

O sorriso do Harry some.

— Você não vai trazer um homem aqui para transar, Winter. Nunca.

— Como você sabe?

Ele franze a testa.

— Porque eu proíbo. Se eu não posso, você não pode.

— Não ligo se você trouxer um homem para cá para transar.

— Você está muito engraçadinha hoje — ele resmunga.

— Estou com fome — anuncio. — Vou fazer uma omelete. Você quer?

— Claro. — Harry se levanta, mantendo Avery em seu peito. — Você só comeu uma salada sem molho no seu encontro? Você é uma dessas mulheres?

— Comi frango ao molho marsala, mas era uma porção bem pequena.

— O cara te levou a um lugar legal?

Dou de ombros.

— Legal o suficiente.

Estou entrando na cozinha quando as palavras de Harry me param.

— Me deixe te levar para um encontro.

Me viro para encará-lo, com o coração palpitando.

— Por que está pedindo isso?

— Porque gosto de você e quero te levar para um encontro. Sei que costumamos nos comunicar através do sarcasmo, mas estou tentando ser real aqui. Há algo entre a gente, Winter, e nós dois sabemos disso.

Harry me desarmou completamente. Não sei como responder à sua sinceridade. Então, em vez disso, eu o ignoro, me virando e andando para a cozinha.

Dez minutos depois, estou cortando uma pimenta vermelha para nossas omeletes quando Harry entra na cozinha.

— Avery dormiu por hoje — ele diz, se recostando na ilha e cruzando os braços. — A gente pode conversar agora?

Respiro fundo, e meu coração acelera de novo enquanto tento encontrar as palavras.

— Sei que estamos atraídos um pelo outro — falo, movendo as pimentas picadas para uma tigela e pegando os cogumelos que limpei. — Mas eu não posso fazer isso com você, Harry. Não depois do que aconteceu entre você e a Mal.

— Porque estávamos envolvidos ou porque eu não queria um relacionamento com ela?

Minha garganta fica apertada. É muito mais fácil brigar com Harry do que ter uma conversa com ele. Quando não estamos agindo como crianças, não posso confiar em ironia e sarcasmo para me salvar.

— Acho que por causa de tudo — respondo, baixinho.

Ele suspira com força e eu me viro para olhar para ele.

— Eu deveria ter tentado entrar em contato com a Mallory mais vezes e descobrir se ela estava mesmo grávida. É um arrependimento com o qual vou ter que viver pelo resto da minha vida. Eu a teria apoiado.

— Ela não queria o seu dinheiro.

Ele balança a cabeça.

— Então só porque eu não queria um relacionamento com ela, eu não deveria estar lá quando a minha filha nascesse? Ou garantir que ela fosse cuidada? Você não pode obrigar alguém a se apaixonar.

Me lembro de como Mal ficou de coração partido quando Harry não respondeu do jeito que ela queria quando ela lhe disse que estava grávida. E lá no fundo, acho que ela pode ter engravidado de propósito, em um esforço para prender Harry Stone, mas não funcionou. Porém, eu nunca diria isso em voz alta. Mesmo que eu entenda o lado de Harry, parece desleal não tomar o lado de Mal.

— Ela sempre foi bem-cuidada — digo com firmeza. — Por mim.

— Eu sei, e sou grato por você, Winter. Você não tem ideia de como estou feliz por você ser a melhor amiga da Mallory. Você é tão forte, e acho que é por isso que estou me apaixonando por você.

Meu estômago se revira com uma mistura de excitação e pavor. Harry não pode estar se apaixonando por mim. Esse acordo de moradia não se trata disso.

Respiro fundo enquanto quebro ovos em uma tigela, desejando que ele fizesse um comentário bruto para que pudéssemos discutir. Qualquer coisa, menos esta conversa sincera de se apaixonar por mim.

— Você se sente assim, porque eu sou a única mulher que você tem por perto. Não seríamos felizes juntos e nós dois sabemos disso. Quando a novidade sexual passasse, estaríamos um no pé do outro de novo.

Abro uma gaveta e tiro um fuet, batendo os ovos, enquanto Harry anda por trás de mim. Não ouso me virar, porque só o calor do seu corpo perto do meu já está fazendo minha pele irromper em arrepios.

— Você sabe que isso não é verdade — ele diz, baixinho.

— Sim, é. — Minha resposta sai em um tom agudo. Merda, estou nervosa.

Me viro para despejar os ovos na panela em que os legumes estão cozinhando. Harry me segue, pegando a tigela das minhas mãos e a colocando no balcão. Ele me conduz para que eu me vire antes de me apoiar no armário adjacente ao fogão.

Seu corpo está a centímetros do meu, e as mãos em ambos os lados dos meus quadris me prendem.

— Eu não vou perder minha chance com você, Winter. Não vou ficar vendo você namorar outro cara que nem entende o quanto você é incrível. Podemos esquecer o passado e seguir em frente? Juntos?

Em questão de segundos, imagens piscam diante dos meus olhos. Eu, Harry e Avery. Não apenas vivendo juntos, mas estando *juntos*. Como uma família. Harry me beijando quando chega depois do trabalho. Avery dando seus primeiros passos, andando para a frente e para trás entre nós dois. Manhãs preguiçosas passadas juntos na cama assistindo a desenhos animados com Avery.

Seria bom. Mais do que bom, na verdade. Mas lágrimas escorrem dos meus olhos enquanto a culpa toma conta dos bons sentimentos. A vida que imaginei é aquela com a qual Mallory sonhava. Como ela se sentiria, sabendo que não só estou criando sua filha, mas também ficaria com Harry?

— Isso a machucaria — digo em voz alta, minha voz embargada de emoção.

— Mas ela não está aqui.

Pisco para as lágrimas caírem e pego uma espátula, prestando atenção nas omeletes.

— Eu simplesmente não posso. Desculpa. Sei que há uma atração, mas...

— Você quer que eu saia com outras mulheres? — Harry pergunta, seu tom duro. — É isso que você quer de verdade?

— Não se trata do eu quero, tem a ver com o que *você* quer.

— Pareceu certo hoje? Sair com outro homem? É o mesmo sentimento que temos?

Nem chega perto. Harry traz à tona um lado meu que poucas pessoas já trouxeram. Quando estamos juntos, o ambiente sempre parece mais quente. Ele me deixa quente — de raiva e excitação. Mas esse tipo de atração não é sustentável. Ele ainda iria me querer quando me tivesse? E quando ele estivesse comigo por alguns anos?

— Douglas não é o homem dos meus sonhos — admito. — Saí com ele porque minha irmã arranjou para mim. Mas não vou dormir com você. Quero ficar na vida da Avery para sempre, e se nos envolvermos e der errado, pelo menos um de nós sairia magoado. Não tem como funcionar, tá bom?

— Só porque você não quer tentar.

Pelo seu tom, posso dizer que Harry já se sente magoado, mas não vou deixá-lo fazer com que eu me sinta culpada. Seria bom desligar meu cérebro e ceder à atração? Deixar Harry me ter até estarmos exaustos?

Seria incrível... até não ser mais. E depois?

— Minha mãe vem visitar amanhã — ele diz, pegando água do dispenser da geladeira.

— Como é?

Desligo o fogão e me viro para encará-lo, chocada demais para dizer qualquer outra coisa ainda.

— Sim. Ela voltou de viagem e deve ficar por uma semana ou mais.

— Como você pode simplesmente me contar isso uma noite antes? A que horas ela estará aqui? Preciso fazer alguma coisa para o jantar?

— Início da tarde. E não, vou pedir comida.

Deslizo as omeletes em pratos e Harry pega um garfo da gaveta.

— Vou comer no meu quarto — ele diz sem rodeios.

— Bebezão — murmuro.

— Boba teimosa — ele murmura de volta.

Sim, faríamos um belo casal.

Fico perturbada com nossa conversa enquanto como minha omelete. Harry não está acostumado a ouvir a palavra *não*, e isso o deixa louco. Me faz pensar se essa é a única razão pela qual ele continua pressionando tanto, ou se é porque pode mesmo ver um futuro comigo. De qualquer forma, nunca vou arriscar com ele.

CAPÍTULO DEZESSETE

Winter

Eu adoro a mãe do Harry.

Eu não tinha certeza do que esperar da mulher que o criou, mas estava preparada para uma víbora, dado como Harry é perspicaz em ligações de negócios.

Porém, Vivian Stone é calorosa, doce e engraçada. Ela me deixa à vontade logo de cara quando me diz para chamá-la de Viv, e quando Harry chega do trabalho, sinto que já somos amigas.

— Olá, querido — ela diz, se levantando para recebê-lo quando ele entra no apartamento. — Você tem uma amiga absolutamente incrível e pode ser que eu nunca devolva a minha linda neta.

Ela é alta e elegante, com cabelos grisalhos curtos e belos olhos azuis. Avery olha para ela de imediato, sorrindo e murmurando. Mesmo quando Viv me disse para eu ficar um tempo sozinha, enquanto ela cuidava de Avery mais cedo, eu quis ficar e conversar com ela em vez disso.

— Oi, mãe. — Harry a abraça. — É bom te ver.

— Você parece bem — ela responde, colocando as mãos nos braços dele. — Parece que ainda vai para a academia.

— Todas as manhãs. Mesmo quando a monstrinha me mantém acordado a noite toda.

Harry pega Avery do tapete de atividades em que ela está deitada, beijando sua bochecha redonda. Ela ri, mas começa a se balançar para descer.

— Me diz se essa coisa não é o dinheiro mais bem gasto? — Harry me fala, gentilmente colocando Avery de volta no tapete, que tem brinquedos pendurados em uma barra sobre ele.

— Ela adora — concordo, me levantando. — O que posso fazer para vocês beberem? Por favor, sentem-se e me deixem pegar algo para vocês.

— O jantar estará aqui em meia hora — Harry avisa. — Pedi umas garrafas de vinho também.

— Perfeito, mas e para vocês dois? — Viv dispara, sorrindo.

— Teremos que compartilhar a terceira garrafa que você não beber — Harry diz em tom de brincadeira.

— Pare com isso, Harrison. Winter vai pensar que sou muito extravagante.

— Harrison? — pergunto, arqueando uma sobrancelha.

— Sim — ele responde.

— Você se parece mais com Harold.

— Claro que pareço. — Ele pisca.

— Vocês dois...? — Viv aponta de Harry para mim e depois volta para ele.

— Não. Winter acha que não sou bom o suficiente para ela.

— Harry! — Fico boquiaberta, mortificada. — Essa não é a razão e você sabe disso.

— Ah, não ligue para ele. — Viv acena com a mão. — Estou acostumada com seus dramas.

— Ele acha hilário me deixar desconfortável — murmuro, dando uma olhada em Harry.

— Que nada, só acho que você fica bonita quando está vermelha.

Avery começa a se mexer no tapete e eu a pego, aliviada por ter uma distração.

— Vou deixar vocês colocarem o papo em dia até o jantar chegar — digo. — Estaremos no quarto da Avery.

— Foi um jantar adorável, obrigada, querido — Viv fala, se levantando para levar os pratos.

— Senta, mãe, eu levo — Harry avisa. — Pedi a comida do Madeleine, aquele restaurante que tem um abrigo. As pessoas que vivem lá comandam as cozinhas do restaurante.

— Sério? Estava fantástico. Vou ter que recomendá-lo para os meus amigos que moram aqui.

Harry leva os pratos e Viv se vira para mim.

— Então, onde você cresceu, Winter?

— Éramos basicamente só minha mãe e eu, e nos mudávamos muito quando eu era mais nova. Morávamos perto de Phoenix quando eu estava no ensino médio.

— Sempre achei um lugar agradável.

— A gente gostava de lá. — Há uma pausa antes de eu fazer a pergunta que estava morrendo de vontade de fazer a ela. — Então, como Harry era quando criança?

Viv ri.

— Ah, ele dava trabalho. Sempre chegando com novas ideias e invenções. Mas ele era muito doce. Desenhava para mim, afofava meu travesseiro antes de dormir e me fazia xícaras de chá. Ele era um rapaz atencioso. Mas também voltava da escola todo machucado e ensanguentado de brigas.

— Você entrava em brigas na escola? — pergunto, olhando por cima do ombro para Harry com surpresa.

— No caminho de volta para casa — esclareceu. — Ou no ringue de gelo.

— Ele sempre foi brigão — Viv continua. — Destemido. Isso me assustava muito, a maneira como ele enfrentava três garotos de um time de hóquei adversário ao mesmo tempo, sem se importar com o que poderia acontecer com ele.

— Eu sempre ganhava — Harry diz.

— Sempre, é verdade. — Ela olha para mim. — Ele sempre defendeu os outros garotos de sua equipe. Sempre. Ele é leal assim.

— É isso o que se faz quando se está em uma equipe, mãe — Harry fala.

— Alguns dos meninos ficavam muito assustados, mas nunca o meu Harry. Não fiquei nem um pouco surpresa quando ele se aposentou jovem para se alistar no exército. Ele tem o coração de um guerreiro.

— E o ombro de um idoso — Harry completa.

— Você se machucou? — questiono.

— Sim. — Ele se senta de volta à mesa. — Já estava meio ruim do hóquei, e então caí sobre ele em combate. Mas não importa, estou bem.

Sua mãe parece sentir sua vontade de mudar de assunto. Ela olha para mim e pergunta:

— Você tem família por aqui, Winter?

— Não, só uma irmã na Califórnia, a Aubrey.

Viv franze a testa.

— Deve ter sido tão difícil quando sua amiga estava doente. Sinto muito que ela tenha falecido.

— Obrigada.

— Como ela era?

Sorrio.

— A Mallory? Ela estava feliz quase o tempo todo, sempre vendo as coisas pelo lado bom. Uma vez, ela quebrou o salto de um sapato caro, então arrancou o salto do outro e disse que estava precisando de um novo par de sapatilhas mesmo.

— E ela teve algum tempo com a Avery antes de morrer?

— Um pouco. Mas ela já estava muito doente. Ela ficou apaixonada pela Avery e muito orgulhosa de ser sua mãe. — Meus olhos se enchem de lágrimas, e eu desvio o olhar. — Desculpa.

— Não se desculpe — Harry diz, cobrindo uma das minhas mãos com a dele. — Quero que fale sobre ela.

— Mas é difícil — Viv fala. — Perdi a minha irmã para o câncer de mama quando estávamos na casa dos vinte anos. Foi devastador.

— Ah, eu sinto muito — lamento. — Ela era tão jovem.

Viv sorri, triste.

— Ela era casada e tinha um filho pequeno. Meu cunhado se mudou para a Inglaterra depois que ela morreu e quase nunca os vejo. Eu ainda sinto saudade dela, até hoje.

Avery chora para ser solta da sua cadeirinha, e Viv pula de sua cadeira para obedecer.

— Vovó Viv tem uma ideia ótima, meu amor — ela diz. — Que tal se eu te der banho hoje?

— Com certeza — Harry aceita. — Tudo está no meu banheiro. Ela tem uma banheira.

— Já que estamos falando disso, tenho outra ótima ideia — Viv revela.

— Qual é?

— Eu gostaria de passar este fim de semana aqui com a minha neta enquanto vocês dois ficam fora por um tempo.

— Juntos? — disparo.

— Por que não? — Viv sorri e olha de mim para Harry. — Vocês podem ficar em quartos separados, não importa. Apenas viajem e durmam um pouco, e me deixem cuidar dessa princesinha. Eu adoraria muito um tempo sozinha com ela.

Viajar? Harry e eu, sozinhos um fim de semana inteiro?

— Não sei, não... — respondo com sinceridade.

— Vamos pensar sobre isso — Harry promete. — Obrigado, mãe.

Viv sai da sala e eu lanço a Harry um olhar de desaprovação.

— Eu não vou pensar sobre isso. — Tento soar firme.

Ele balança a cabeça.

— Qual é, pare de ser tão teimosa. Deixe a minha mãe ficar com a Avery por um fim de semana. Você pode assistir a uma série ou ler um livro. Vá a um spa... você vai encontrar algo para fazer.

— Para onde iríamos?

— Para o norte do estado. Vou reservar um lugar.

Não tenho autocontrole suficiente para passar um fim de semana inteiro sozinha com Harry e recusando seus avanços. Não se trata só do rosto bonito e dos músculos, eu também acho estranhamente atraente que ele percebe quando estou fingindo. Ele tem razão, *estou* sendo teimosa. Eu *poderia* aproveitar um fim de semana fora. Só que não com o único homem com o qual sou fraca demais para ficar sozinha.

— Tenho que trabalhar sábado de manhã — digo, aliviada e desapontada.

Harry se aproxima de mim, parando alguns centímetros à minha frente. Ele está o mais perto que pode chegar sem fazer contato físico. Inclino o rosto para cima para olhar para ele, disposta a ficar calma e não desviar o olhar.

— É melhor remarcar — ele fala, calmo. — Porque vamos viajar neste fim de semana.

Então, ele se vira e sai da sala, sem dizer mais uma palavra. E não consigo discutir com ele, pelo menos não desta vez.

Acho que vamos viajar este fim de semana. Vou ter que usar um moletom ou algo assim. Dizer que estou com uma diarreia horrível. De que outra forma vou evitar acabar na cama com o homem que quero mais do que posso admitir?

CAPÍTULO DEZOITO

Harry

— Como você conseguiu reservar este lugar em tão pouco tempo? — Winter pergunta quando estaciono na garagem da cabana de madeira que aluguei para o fim de semana.

— Paguei extra.

— Você não precisava fazer isso. Tudo o que vamos fazer é passar tempo juntos e dormir aqui.

— Eu queria um lugar legal.

É mais do que legal. Gastei quase cinco mil para conseguir este lugar no fim de semana, pagando as pessoas que o haviam reservado. Mas quando vi as fotos, soube que era perfeito. É tranquilo, longe da rodovia em uma grande propriedade na floresta, cercado por árvores com folhas vermelhas, laranja e amarelas. Um cenário perfeito de outono.

A cabana de luxo tem muitas janelas, uma banheira, quatro lareiras e três quartos. Espero que só precisemos de um desses quartos.

Winter e eu temos nos rodeado por mais de dois meses. Eu a quero mais do que jamais quis uma mulher. Reservei esta cabana com a esperança de que pudéssemos discutir o que a está impedindo para que possamos seguir em frente — juntos.

Estaciono e ela rodeia o carro até o porta-malas, enquanto eu tiro a bagagem.

— Eu pego as malas — ofereço.

— Vou pegar a minha.

Ela é teimosa demais para o próprio bem. Fixo meu olhar nela.

— Eu pego as malas, Winter.

Ela suspira de leve.

— Eu não estou tentando ser difícil. É que parecemos um casal feliz tendo um encontro de fim de semana enquanto os filhos estão com a babá.

— E se for só um casal com tesão ao invés de um feliz? Isso tornaria as coisas mais fáceis?

Winter me encara.

— Pare de brincar sobre isso. Já disse, eu não vim aqui para dormir com você.

Tiro sua mala do porta-malas e caminhamos até a varanda da cabana juntos. Enquanto olho o código da porta no meu celular, falo:

— Você já me disse pelo menos quinze vezes.

— Só para deixar claro.

Nunca na minha vida uma mulher se esforçou tanto para *não* dormir comigo. Winter não é apenas teimosa, ela também é irritadiça às vezes, e eu poderia ajudá-la a relaxar, se ela deixasse.

Abro a porta da cabana, e ela sorri ao apreciar os móveis modernos, mas rústicos. Eu a deixo admirando o lugar, enquanto vou pegar o resto de nossas malas.

— Este lugar é incrível — ela elogia, voltando para a sala principal, que tem tetos abobadados e uma parede inteira de janelas com vista para a floresta.

— É porque você tem medo de se apaixonar por mim? — pergunto a ela.

— Como é? — Ela me lança um olhar confuso.

— Você não quer dormir comigo porque tem medo de se apaixonar por mim?

O sorriso de Winter some e sua expressão fica séria. Ela caminha até um sofá de couro escuro e se senta. Mesmo usando legging preta e uma camiseta de flanela, com muito pouca maquiagem e cabelo em um coque, ela é a mulher mais bonita que eu já vi. É tudo o que posso fazer para não ficar de joelhos na sua frente e implorar; para dizer a ela que estou tão apaixonado que chega a *doer*, de uma maneira que jamais pensei ser possível.

— Acho que é uma das coisas — ela responde, baixinho. — Há muitas razões. Não é só uma coisa. E acho que todas essas razões são válidas.

Vou até lá e me sento no sofá em frente a ela, com uma grande mesa de madeira nos separando.

— Todas essas razões soam como desculpas para mim — digo.

Ela fecha o cenho.

— Deve ser porque você é o pai da Avery, Harry. Pode tê-la para sempre, não importa o que aconteça com a sua vida amorosa.

— Você acha mesmo que eu te tiraria da vida dela se você não quisesse ficar comigo?

Sei que Winter tem uma baixa opinião sobre mim, mas com certeza depois de ver quem eu sou por vivermos juntos por alguns meses, ela já deveria saber que eu não sou o vilão que ela pensou que eu fosse.

— Acho que você não me cortaria totalmente, não. Mas e se não dermos certo, o que é provável que aconteça? Você não iria querer que eu vivesse mais com você.

— Você não sabe. E por que acha que não dará certo?

Ela se levanta e caminha até a parede das janelas, com os olhos iluminados pela raiva.

— Porque é isso que você é! Harry Sacana. Você é o rei de amá-las e então deixá-las. Testemunhei você fazer isso com a Mal. Você partiu o coração dela.

Ela para de falar, sua voz instável com a emoção. Tenho que ir com cuidado, mas nunca haverá uma melhor hora para colocar todas as nossas cartas na mesa.

— Eu não amava a Mallory. — Suspiro com força. — Eu não sei o que ela disse para você, mas eu fui sincero com ela, Winter. Sempre sou sincero com as mulheres. Sempre. Pode perguntar a qualquer uma com quem estive. Falo para elas que não quero um relacionamento, que não quero ficar amarrado.

Foi o que eu disse para a Mallory, e ela me disse que queria a mesma coisa. Só algo casual, divertido.

— Você não sabia que as mulheres dizem isso porque acham que você vai acabar querendo mais?

Eu me levanto do sofá e jogo as mãos no ar, frustrado.

— Não, eu acredito na palavra das mulheres, porque não fico supondo que todas são mentirosas, e acho que é muito injusto que você me culpe por não ter me apaixonado pela Mallory. Nunca prometi um relacionamento para ela. Eu disse que daria suporte a ela e ao bebê se ela estivesse grávida, e ela nunca me disse uma palavra depois disso. Não acha que sou o único que tem o direito de ficar puto?

Winter se recosta na parede das janelas, cruzando os braços.

— Você não vai fazer isso comigo — ela diz, fungando. — Não vai fazer o seu joguinho de "sem compromisso, apenas diversão" comigo, Harry. Encontre alguma outra mulher para cair nessa.

Ela é a pessoa mais irritante que já conheci. Winter está determinada a pensar o pior de mim. Não sei como convencê-la de que não sou o homem horrível que ela me faz parecer, e minha frustração me faz querer furar um buraco na parede.

— Eu não quero uma coisa sem compromisso com você — falo, andando para atrás do sofá. — Eu nunca disse que queria.

— Então o que, Harry? Quer que eu pense que você sente algo por mim? Que eu sou de alguma forma diferente de todas as outras? — As marcas de lágrimas no seu rosto são como um soco no estômago.

— Sim, isso é o que eu quero que você pense — digo, caminhando até ela. — Porque essa é a verdade. Você é diferente, Winter. Eu *sinto* uma coisa. Um monte de coisas, na verdade, dependendo do dia. Sou louco por você. Louco de verdade. Ninguém nunca fez isso comigo antes. Como eu te provo isso? Você quer que eu fique de joelhos?

— Você está dizendo... que quer um relacionamento comigo? — Seu tom é cheio de descrença.

— Sim. — Paro antes de alcançá-la, porque sei que se eu tocar nela agora, ela vai se retrair. — Isso é o que eu estou dizendo. Quero que sejamos exclusivos. Serei fiel a você. Juro por tudo o que sou.

Ela pisca, e mais lágrimas caem em suas bochechas.

— Isso é tudo o que a Mallory queria, mas ela está morta agora. Eu gosto de você, Harry. Muito. Mas me sinto irracionalmente culpada, como se eu estivesse roubando algo dela.

Pego suas mãos nas minhas.

— Você não está roubando nada, eu nunca quis isso com ela. Sei que esse fato machucou, e me desculpe por isso. Odeio que isso também te machuque.

— Não é justo — ela diz, baixinho. — Não é justo. Ela era tão jovem.

— Eu sei. Não é justo, porra, nem para ela nem para a Avery. Eu queria... — Paro, com um nó na garganta. — Eu queria ter sabido, eu teria estado lá. Preciso que você saiba disso, Winter. *Eu teria estado lá* para pagar o tratamento e cuidar dela quando ela estava doente. Ela era a mãe da minha filha.

Winter solta minhas mãos e cobre seu rosto com as palmas, soluçando.

— Eu sei. Eu sei que você teria estado lá.

Vê-la sofrer assim acaba comigo, mas Winter nunca teve a chance de viver esses sentimentos. Ela precisa liberá-los.

— Se eu quisesse algo casual — falo, baixinho —, teria escolhido qualquer outra mulher no mundo, Winter. Qualquer mulher, menos você. Eu não arriscaria que nenhum de nós se machucasse, nem você, nem Avery ou nem mesmo eu. Mas você é a única que eu quero assim. Você não consegue ver isso? Você é *a única.*

Ela tira as mãos do rosto. Os olhos estão vermelhos e as bochechas, molhadas de lágrimas. Não consigo mais me manter longe. Envolvo sua cintura com meus braços e ela se lança para mim, nossos corpos interligados enquanto eu a abraço.

Ficamos assim por um minuto, e fecho meus olhos, amando como o seu corpo fica contra o meu. Seus seios são macios e ela cheira a coco. Quando se afasta um pouco para trás, colocando a palma das mãos no meu rosto cansado, um arrepio atravessa minha espinha com a ternura de seu toque.

— Eu também quero você — ela sussurra.

Encosto a testa na sua e aperto as mãos ao redor de Winter, enquanto nossos lábios se encontram para nosso primeiro beijo de verdade. O pouco de autocontrole que eu tinha se foi. O beijo é longo e profundo; nós dois damos e tomamos o que temos esperado por tanto tempo. Nossas línguas se emaranham até ficarmos sem fôlego e então Winter recua, ofegando em meus lábios, com os olhos vidrados de desejo.

— Não me machuque — ela sussurra.

— Jamais — prometo.

Seus olhos brilham com determinação enquanto ela puxa minha camisa e coloca as palmas das mãos no meu peito.

— Você não tem ideia de quantas vezes eu quis fazer isto — ela diz, passando as mãos sobre os cumes do meu peitoral e abdômen.

Gemo quando ela chega à minha cintura e desabotoa minha calça. Parece o paraíso, mas levo as suas mãos para as minhas e entrelaço nossos dedos.

— Me conte sobre o que você fantasiou — peço, meu tom baixo. — Não pense demais. Basta relaxar e dizer para mim agora.

Ela lambe os lábios.

— Você entra no apartamento e eu estou na cozinha. Você faz eu me despir e coloca minhas mãos na ilha da cozinha, enquanto estou de frente para ela. Você me diz que não posso me virar ou olhar para você, mas eu ouço... — Ela faz uma pausa e engole em seco, parecendo insegura.

— Continue, linda. Me fale. Estou tão duro por você.

— Ouço você chutando seus sapatos para longe e tirando a gravata. Estou lá, com tesão e pronta, e só tenho que esperar enquanto ouço suas roupas caírem no chão. Então ouço você abrindo a calça e... estou tão molhada, Harry.

Gemo alto.

— Caralho, mulher. Você vai me matar antes mesmo de eu entrar em você.

— Então... você esfrega a ponta do seu pau em mim e me diz como eu estou molhada e gostosa. Estou respirando devagar, porque tenho certeza de que você está prestes a me foder, mas em vez disso... você dá um passo para trás e me dá um tapa na bunda. É tão incrível e... eu grito. Você faz isso de novo, e me diz que pertenço a você.

Eu poderia morrer aqui mesmo. Quando pedi a Winter para me dizer sobre o que ela fantasiava, não sabia que seria assim. Meu pau está latejando. Ela está segurando minhas mãos com firmeza enquanto fala, tentando me impedir de tocá-la.

— Eu imploro para você me foder — ela fala, fazendo uma pausa. — E você fode. Você entra em mim e é incrível. Você se segura nos meus quadris e me fode com força, me dizendo que vai gozar dentro de mim. Então coloca a mão para a frente e brinca com meu clitóris e eu gozo para você, Harry. E assim que eu gozo, você também goza. — Ela lambe os lábios, um sorriso dançando em seu lindo rosto. — Então você me beija e pergunta o que tem para o jantar e eu digo carne de panela.

Solto suas mãos e a puxo para perto, meu corpo rígido com tesão. Não sabia que era fisicamente possível querer uma mulher tanto quanto quero Winter.

— O que você acha? — ela pergunta, olhando para mim.

— Acho que é melhor a gente ir para a cozinha agora, porra.

CAPÍTULO DEZENOVE

Winter

Quando chegamos à cozinha, minha blusa está no chão e meu short está nos joelhos, dificultando a caminhada.

Harry se abaixa e puxa meu short até tirar, mas em vez de ficar de pé, ele beija de leve o interior da minha coxa.

— Ah, esse é um lugar sensí... *ai, meu Deus*, Harry, você não pode... — Solto um gemido, enquanto sua boca sobe mais alto na minha perna.

Ele coloca as mãos atrás das minhas coxas, me segurando no lugar enquanto olha para mim.

— Você quer que eu pare?

— Não — respondo, a palavra saindo como um suspiro. — Mas não posso prometer que não vou rir se você me fizer cócegas.

Há um sorriso malicioso em seu rosto enquanto ele move as mãos para cima, a ponta dos dedos deslizando sob minha calcinha. Ele mantém o olhar no meu rosto enquanto acaricia minha bunda nua e eu ofego.

— Não estou planejando fazer cócegas em você — ele diz em tom baixo, segurando minha calcinha e a deslizando para baixo.

O instinto me força a juntar as coxas, para tentar cobrir meu corpo exposto. Há paredes aqui também, e a floresta está do outro lado.

— Não se esconda de mim, Winter. — Ele se levanta e alcança meu sutiã para soltá-lo, puxando-o gentilmente e o deixando cair no chão. — Ser minha significa que posso ver você por inteiro, quando eu quiser.

— O mesmo vale para mim? — murmuro, arqueando uma sobrancelha.

Harry sorri.

— Claro.

Deixo meus olhos vagarem sobre os músculos e as tatuagens em seu peito. É bom finalmente ser capaz de analisá-lo direito. E enquanto ele desabotoa sua calça jeans e a empurra para baixo, junto de sua cueca, eu o desejo mais que tudo.

Ele não decepciona. Nem um pouco. Seus músculos da coxa e panturrilha são tão definidos quanto o resto, e sua ereção é... quase intimidante.

— Você é linda pra caramba, Winter — ele elogia, baixinho, me estudando.

Coro em todos os lugares, um pouco envergonhada, mas principalmente excitada. Tudo é muito mais intenso do que eu imaginava que poderia ser.

— Agora vire-se e coloque as mãos na bancada — Harry comanda, com os olhos se estreitando de leve.

Prendo a respiração, enquanto ele interpreta o início da minha fantasia. Quando me viro para a bancada, com as palmas viradas para a superfície, ele pega minhas nádegas com uma das mãos, com seu hálito quente na minha orelha, enquanto leva a outra mão para trás e me bate.

— É disso que você gosta? — ele sussurra no meu ouvido.

— Sim — gemo, excitada da cabeça aos pés.

Depois de dar outro tapa, ele beija meu ombro e envolve seu outro braço ao meu redor, pegando um dos meus seios.

Meu corpo canta em resposta ao seu toque, sem deixar espaço para dúvidas. Se minha excitação fosse um medidor de velocidade, Harry é o único homem que já o fez chegar a mil. Eu o quero com tudo o que sou. Não parece que estávamos nos aproximando desse momento só pelos dias desde que começamos a morar juntos, mas todos os dias das nossas vidas. Como se fôssemos feitos um para o outro.

Quando ele se afasta, eu gemo baixinho, e o ar ao meu redor fica frio. Ele pega sua calça jeans e a joga de volta no chão, rasgando às pressas a embalagem de uma camisinha.

Tenho que me lembrar de respirar enquanto espero que ele coloque a camisinha. Quando termina, ele coloca a mão na minha cintura e beija meu ombro de novo.

— Isso não é só sexo — ele diz, com o hálito quente na minha pele. — Você significa mais para mim do que qualquer mulher. Você sabe disso, não é?

Mais do que Mallory significou.

Forço o pensamento para fora da minha mente, precisando que isso fique só entre nós dois. Não o passado, mas o presente.

— Sim — concordo, baixinho.

Meus pensamentos se dissolvem enquanto ele entra em mim, gemendo. Ele vai devagar no começo, e eu preciso que seja assim. Ele me preenche por inteiro, mas logo me sinto incrível e estou implorando por mais.

Mais, mais, mais. Quanto mais Harry me dá, mais eu quero. Nunca fiz sexo assim, frenético, terno, sensual e ardoroso. Mesmo que se a cabana pegasse fogo agora, eu não seria capaz de parar.

Fomos feitos para isso. Um para o outro. Cada toque e cada som é exatamente o que eu preciso. Somos uma orquestra executada com perfeição, chegando mais perto do clímax a cada nota que nossos corpos tocam juntos.

Harry se aproxima para me tocar, e eu irrompo em um orgasmo. Minha sanidade se despedaça em mil pedaços brilhantes por alguns segundos felizes enquanto eu gemo seu nome com lágrimas nos olhos. Ele segue, respirando forte enquanto envolve seus braços por trás ao meu redor.

Leva alguns momentos para qualquer um de nós se mover. Quando me viro e encontro o olhar de Harry, há algo diferente nele. Algo novo.

— Eu não sabia que seria assim — ele diz, parecendo um pouco atordoado.

— Sim, isso foi... intenso.

— Não posso fazer sexo com mais ninguém nunca mais.

Rio e franzo a testa.

— Não sei se isso é possível, Harry Sacana.

— Estou falando sério, Winter. — Ele tem meu rosto nas mãos e em sua expressão sincera vejo que ele está, de fato, falando sério. — Eu nunca senti nada parecido antes. Você já?

Minha reação é dizer algo sarcástico. Soltar uma piada. Fugir. Nunca pensei que me sentiria à vontade ao deixar Harry me ver tão vulnerável. Mas também nunca pensei que alcançaria um estado transcendental durante o sexo com ele, e aqui estamos nós.

— Não — admito.

— Você acha que vai ser assim todas as vezes?

— Acho... É provável que não. Foi assim só porque foi a nossa primeira vez.

— Sim — ele responde, sem estar muito convencido enquanto beija meus lábios e depois minha testa. — Talvez tenha sido isso.

— Lá se vai sua teoria — Harry fala duas horas depois, quando saio do seu colo e me encolho ao seu lado na cama king-size do quarto principal.

— Achei mesmo que a segunda vez foi... melhor — admito. — E então a terceira vez foi...

— Melhor ainda — ele completa.

— Foi.

Nós dois olhamos para o teto no quarto escuro por um minuto, perdidos em nossos pensamentos.

— Fique comigo — Harry corta o silêncio.

— Estou o mais perto possível.

— Quero dizer, quando chegarmos em casa. O tempo todo. Fique comigo. Como um casal de verdade.

Eu me apoio no cotovelo e olho para baixo, para o contorno de seu rosto no escuro.

— Você não acha que levaríamos um ao outro à loucura?

Ele sorri, acariciando a pele nua do meu quadril com o polegar.

— Brigo com você todos os dias para o resto da minha vida, se fizermos sexo de reconciliação assim.

— Não é só sexo. É mais complicado do que isso.

— Só se quisermos que seja. Nós dois somos solteiros, nós dois amamos a Avery... parece até que já somos uma família.

Eu me sento, trazendo os joelhos para o peito.

— Você faz parecer que devemos ficar juntos porque é conveniente.

A única nota de riso de Harry não é divertida.

— Você é a mulher menos conveniente que eu já conheci, Winter.

Suspiro de leve, minhas emoções embaralhadas.

— Estou pensando se ainda te odeio. Já é um progresso.

Desta vez, a risada de Harry é genuína.

— Tá bom, para mim é o suficiente. E eu tenho esse fim de semana inteiro sozinho com você para tentar te convencer a ser mais do que a mulher que mora comigo e que não me odeia.

Sorrio para ele na escuridão.

— Isso soa bem, né? Você poderia me apresentar aos seus amigos assim. "Esta é a Winter, a mulher que mora comigo e que não me odeia".

— Não vai funcionar para mim, espertinha.

— Melhor do que quando eu te odiava. Não vou mais trocar o seu café por descafeinado.

— Eu sabia que você fazia isso! — Harry se aproxima e prende um braço em volta da minha cintura, me puxando para me deitar na cama. — Eu sabia que você fazia algo no meu café. Eu mal conseguia manter os olhos abertos durante as reuniões de trabalho.

— Isso foi há muito tempo. — Tento não rir, mas falho.

— Nem tanto tempo assim. Que tipo de monstro troca o café de um homem quando ele tem uma bebê recém-nascida em casa?

— Um monstro cruel — digo, tentando me afastar, enquanto ele me faz cócegas.

— Vou te mostrar o que é ser cruel — ele provoca, fazendo cócegas em mim, até que eu mal consiga respirar.

— Pare — finalmente consigo dizer. — Me beije em vez disso.

Ele para, e eu ainda estou respirando com dificuldade quando ele se inclina para baixo, parando quando seus lábios estão a centímetros dos meus.

— Me fale que você vai ficar comigo — ele pede, com uma nota de súplica em seu tom.

— Vou pensar no seu caso. Agora me beije, Harry.

CAPÍTULO VINTE
Winter

— Eu sabia! — Aubrey berra ao telefone. — Eu sabia que vocês acabariam ficando juntos.

— Não fique muito animada. Não quero que você se machuque ou algo assim.

Minha irmã ri.

— Eu tive um bebê, Winter. Estou bem. Minha vagina ainda está intacta e tal.

Não consigo evitar e começo a rir

— Ai, meu Deus, Aubrey! Só você diria isso. E você deveria estar se recuperando, sabia?

— Está tudo bem, juro.

— Como está o meu sobrinho superlindo, a propósito?

Aubrey suspira, contente.

— Absolutamente perfeito. Estou tão apaixonada por ele.

— Como foi o trabalho de parto?

— Aff, como esperado — ela diz, gemendo, e eu sei que deve ter sido incrivelmente doloroso —, mas valeu a pena.

— E o Grande Chance está ajudando com o bebê?

Ela grunhe.

— O Grande Chance está ajudando até demais. Ele está se esforçando muito. É tipo uma mãe superprotetora, só que é um marido superprotetor. Mas eu o amo tanto.

— Estou tão feliz por você.

— Obrigada. Agora me conte tudo sobre você e o Harry Sacana.

— Aff... — Rio, feliz por ela não poder me ver corando. — Acontece que o apelido é... muito bem-merecido.

— Aposto que é. Estou feliz que você finalmente tenha deixado de ser tão teimosa.

Troco Avery de braço para que ela possa olhar pelas janelas para o horizonte da cidade. Harry e eu voltamos da nossa viagem há alguns dias. Viv foi embora ontem, prometendo retornar no próximo mês, e Harry voltou ao trabalho. Apenas Avery e eu estamos no apartamento hoje e eu não consigo parar de pensar sobre o fim de semana.

— Não significa que estamos juntos — esclareço.

— Tá bom... — minha irmã arrasta as palavras, não muito convencida.

— Não mesmo.

— O que você acha que significa?

Acaricio o cabelo escuro de Avery. Ele está crescendo e começando a formar alguns cachos. Ela está babando, então pego o pano que está sobre sua barriga e gentilmente limpo seu queixo, equilibrando o celular no meu ombro.

— Por que isso tem que significar alguma coisa? — pergunto. — Não pode ser apenas dois adultos solteiros que consentem a ter um fim de semana divertido juntos?

— Sim, pode. Mas posso dizer pela sua voz que foi mais do que isso.

— Não sei, não. Parte de mim quer que seja mais e parte de mim, não.

— Aconteceu algo novo, ou você está hesitando pelas mesmas razões de antes?

Avery está começando a cochilar no meu ombro, adormecendo por causa do meu ritmo. Eu a seguro enquanto tento analisar meus sentimentos confusos.

— Acho que os dois. Eu sabia que Harry queria dormir comigo, mas não sabia que ele queria um potencial relacionamento.

— Então, ele disse que quer que vocês sejam mais que isso?

— Ele disse que quer que fiquemos juntos. Com exclusividade.

— Nossa — ela diz, baixinho. — E isso foi uma surpresa para você?

— Um completo choque. Ele disse que parece que já somos uma família.

— Owww. — Minha irmã é toda romântica. Não posso deixar de revirar os olhos.

— Eu tenho que ser inteligente — falo, severa. — Avery é a pessoa mais importante do mundo para mim. Não quero que meu relacionamento com ela dependa de como a minha relação com Harry está indo.

— Você acha que ele não deixaria você vê-la mais se vocês terminassem?

Meus braços estão começando a se cansar de carregar Avery por aí, então me sento na cadeira reclinável favorita de Harry e arrumo Avery nos braços.

— Acho que ele não me impediria de vê-la. Mas ainda estou...

— Com medo? — ela completa.

— É, é bem isso.

— Conheço esse sentimento.

— Me sinto tão culpada por estar aqui, vivendo a vida que a Mallory queria. É tão injusto.

— É, mas ela queria que você criasse a Avery. Ela sabe que você vai amá-la como se fosse a sua própria filha.

— E vou mesmo... Quero dizer, eu já amo. Mas como a Mal se sentiria sobre eu estar com o Harry?

Aubrey suspira baixinho.

— Não se faça perguntas assim. Ela se foi, e iria gostar que você fosse feliz, não importa com quem você estivesse.

Um nó se forma na minha garganta.

— Ela iria gostar disso.

O som do choro de uma criança ao fundo me faz sorrir.

— É o meu sobrinho?

— É. Acho que ele está com fome de novo. Ele está sempre com fome.

— Vá cuidar do seu filho. Estou tão feliz por você, Aubrey, e estou morrendo de vontade de conhecê-lo.

— Precisamos nos encontrar logo. Quero dizer, não no próximo mês, mas você sabe o que quero dizer.

Rio.

— Sim, eu sei. Em breve. Te amo.

— Também te amo.

Encerro a chamada e coloco o celular no braço da poltrona. Avery está dormindo em paz e eu só a observo por um minuto, colocando de leve meu dedo indicador em sua mãozinha e imaginando se ela vai apertá-lo enquanto dorme.

Esperava que falar com Aubrey tornasse as coisas mais claras, mas estou mais confusa do que nunca. Na esperança de clarear a mente, abro um aplicativo de leitura no meu celular e retomo de onde parei no último best-seller de Daniel Silva. Leio algumas páginas quando uma mensagem aparece na minha tela.

Harry Bosta Stone: Pensando em você.

Sorrio para a tela do celular. Acho que devo mudar o nome que gravei nos contatos para ele. O que seria mais adequado para nossa relação agora?

Tudo o que imagino envolve sua proeza sexual, e não posso me deixar salvar isso como seu nome de contato. Decido colocar apenas seu nome.

Eu: Eu também.
Harry Stone: Bons pensamentos?
Eu: A maioria.
Harry Stone: Tive um fim de semana incrível.

Ele mencionou isso pelo menos uma dúzia de vezes desde que voltamos para casa, mas nunca me canso de ouvir.

Eu: Eu também. Desculpe ter dormido tão cedo ontem à noite.

Ontem à noite, sussurrei em seu ouvido que eu queria que ele fizesse coisas safadas comigo depois que Avery estivesse dormindo, mas não consegui manter os olhos abertos. Pela manhã, quando acordei na cama do Harry ao seu lado, ele estava nu e roncando suavemente.

Harry Stone: Eu entendo. Bebês são cansativos. Sempre há hoje à noite.
Eu: É verdade.
Harry Stone: Quero que sejamos mais do que um fim de semana fantástico. Me fale o que você precisa de mim que eu faço. Qualquer coisa.
Eu: Trazer comida chinesa para jantar hoje à noite?
Harry Stone: Feito. Mas você sabe do que estou falando.
Eu: Eu sei. Só preciso de um tempo. Estou pensando nas coisas.
Harry Stone: Vou te dar mais algumas coisas em que pensar hoje à noite.

Sorrio, a sensação de excitação tomando conta de mim. Ainda estou dolorida por causa das nossas aventuras sexuais do fim de semana, mas meu corpo quer mais. Harry abriu meus olhos para novas experiências, e eu amei cada segundo. Acho que minha linguagem do amor deve ser orgasmos.

Eu: Você vai fazer aquela coisa com a língua de novo?
Harry Stone: Quantas vezes você quiser.

Eu: Você gostou de quando eu estava por cima?

Harry Stone: Eu amei cada segundo de cada posição. E agora estou duro sentado à minha mesa de trabalho...

Eu: Queria estar sentada no seu colo...

Harry Stone: Caralho, para. Tenho uma reunião em cinco minutos.

Eu: Eu quero você.

Harry Stone: Eu sou louco por você, mas tenho que desligar o celular agora para que possa me livrar desse pau duro antes da reunião. Se prepare para comer comida chinesa e fazer sexo selvagem hoje, linda.

Eu: Estou pronta agora.

Harry Stone: Estarei em casa em três horas, sua safada. E você vai ser espalmada por causa disso.

Eu: Estarei esperando.

Passo a língua nos lábios, já pensando em mais tarde. Existe algo em Harry. Sua intensidade era irritante quando eu pensava que ele era um humano horrível, mas quando essa intensidade está focada no meu prazer, é difícil me concentrar em qualquer outra coisa.

Porém, preciso fazer isso. Mesmo que Harry e eu tenhamos uma química insana entre os lençóis, não quero ficar à mercê dele. Eu me forço a levantar, colocar Avery para tirar um cochilo e ir até a cozinha para esvaziar a máquina de lavar louça.

Não importa como eu tente me distrair, minha mente continua vagando de volta para Harry. A imagem dele em seu escritório, sentado à mesa, em um terno escuro e com uma ereção tanto me diverte quanto me deixa com tesão.

Não vou dormir cedo desta vez. Harry disse quantas vezes eu quiser, e vou cobrá-lo por isso.

CAPÍTULO VINTE E UM

Harry

— Isso foi muito mais do que um 69 normal — Winter diz preguiçosamente enquanto coloca a bochecha no meu peito. — Foi incrível.

— Que bom que você gostou. — Beijo sua testa, relaxado e contente depois de gozar duas vezes.

E ela, três vezes, porque estava molhada e pronta assim que Avery adormeceu.

Percebi nos últimos dias que Winter é a mulher dos meus sonhos. O que sinto por ela é mais do que atração. Vejo um futuro real para nós, o pacote completo com casamento, bebês, aniversários. Não sei o que farei se ela não quiser o mesmo futuro para nós.

— Você quer mais filhos? — pergunto a ela.

Ela ri, baixinho.

— Antes da Avery, eu não queria filhos. E também era muito firme sobre a decisão. Eu queria viajar e viver a vida sem ter que me preocupar com ninguém além de mim mesma.

— E isso mudou?

— Completamente. Eu não posso imaginar a vida sem ela agora.

— Eu também. E não quero que ela cresça como filha única.

Alguns segundos de silêncio se passam antes de Winter perguntar:

— Você está dizendo que quer ter mais filhos... comigo?

— Sim, quero isso mais do que qualquer coisa.

Corro a ponta dos dedos sobre suas costas, ainda um pouco úmidas de suor. Ela está pensando no que eu disse, mas sem se afastar de mim, o que estou considerando como um bom sinal.

— O que acha? — questiono depois de um minuto, a antecipação da sua resposta quase me matando.

— Parece que você passou rápido demais de não gostar de mim para querer transar comigo e para querer muito mais.

— Eu sempre gostei de você.

Ela ri, baixinho.

— Não tem como você ter gostado de mim quando nos conhecemos, Harry. Eu era muito horrível com você.

— Você achou que estava fazendo o que era melhor para Avery. Eu admirava isso.

Nós dois ficamos quietos por um momento antes de ela dizer:

— Eu nunca serei uma daquelas mulheres que adoram e bajulam você, Harry.

— Nem mesmo quando estou te fazendo um oral? — brinco.

— Tá bom, talvez assim. Mas você entendeu.

Beijo sua testa e abaixo a mão para sua lombar.

— Por que é tão difícil para você aceitar que eu te amo do jeito que você é?

Sua expressão muda depressa e ela se senta, a luz fraca do quarto delineando sua expressão atordoada.

— Amar? Você acabou de dizer amar, Harry.

— Disse mesmo. Porque eu te amo.

— Como? — Posso dizer que ela está exasperada pelo tom de sua voz. — Você não me conhece bem o suficiente para me amar.

— Eu moro com você há mais de dois meses. Eu sei.

Ela expira suavemente, puxando os joelhos para o peito.

— Por que quer tanto ficar comigo?

Winter ainda não confia nos meus motivos por completo, e não sei se algum dia ela vai confiar. Tudo o que posso fazer é desnudar minha alma e esperar que ela veja que estou sendo verdadeiro.

Eu me sento, para ficarmos cara a cara, e pego seu queixo para que nossos olhos se encontrem.

— Quanto mais te conheço e mais fico com você, mais quero. É simples assim. Quero me casar e ter filhos com você. Eu nunca tive tanta certeza de nada na vida.

— Casar comigo? — ela sussurra.

— Quando quero algo, eu não quero um pouco. Eu quero tudo.

— Eu sou o "algo" nesta situação?

— Winter...

— Eu não estou tentando ser difícil, só estou confusa.

— Você não tem que me dar uma resposta agora. — Alcanço sua mão e entrelaço nossos dedos.

— Você... Então é isso? Esse é o seu jeito de me pedir em casamento?

— Não — digo com um sorriso envergonhado. — Pode ter certeza de que vou fazer melhor do que isso. Haverá um pedido real. Só quero que você saiba que estou disposto a apostar tudo. Eu quero isso, Winter. Com você. Quero compartilhar minha vida com você.

— Você é muito mais do que eu imaginava — ela fala, baixinho.

— Eu não me importo de ter que ganhar a sua confiança. Eu entendo, por causa do que você passou.

— Mas é tão de repente. — Seu tom ainda tem uma nota de completo choque. — Quer dizer... casamento?

— Sim. E se você não sabe ainda se me ama, ou se não estiver pronta, eu... espero.

Ela ri baixinho ao dizer:

— Esconder o que sente é difícil para você. O quanto foi difícil oferecer para esperar?

— Pois é, foi bem difícil. Sei que você é quem eu quero, Winter, e quero você agora. Mas vale a pena esperar.

— E sem pressão nem nada — ela murmura.

— Eu não vou te pressionar.

Ela fica quieta de novo, perdida em pensamentos. Não me mexo. Preciso saber como ela se sente sobre isso, mesmo que sua resposta seja difícil de ouvir.

— Você estaria disposto a ter... acho que se pode chamar de acordo pré-nupcial?

Sua pergunta me pega desprevenido. Considero por um momento e digo:

— Por quê? Eu quero que tudo o que eu tenho seja seu também.

— Quero saber que não importa o que aconteça com a Avery, eu vou poder ficar na vida dela.

— Claro. — Pego sua mão na minha. — Claro, o que você precisar. Posso pedir para o meu advogado elaborar algo que descreva seu direto de vê-la e vou te dar o dinheiro para contratar o seu próprio advogado para revisar. Você nunca deve assinar um contrato de qualquer tipo sem que um advogado que só trabalha para você revise.

— Me dá tesão quando você fala de negócios na cama — ela diz, irônica.

— Eu só estou sendo direto com você. Se precisa dessa garantia por escrito, tudo bem.

Sua voz soa um pouco rouca quando ela diz:

— Obrigada, Harry.

— Eu não quero ser estraga-prazeres — falo —, mas vou checar o meu e-mail e pegar uma bebida. Quero te dar o espaço de que precisa para pensar sobre isso. Não quero que se case comigo só por causa da Avery. Quero que seja por nossa causa, o que temos um com o outro. E não vou tentar te convencer transando, já que você não está pronta.

— Eu agradeço.

— Não importa qual seja a sua resposta, você ainda estará na vida da Avery. Eu vou tratar você da mesma forma que eu trataria a Mallory. Você pode ter a Avery pela metade do tempo, se decidir que não quer mais morar comigo.

— Obrigada. Prometo que não vou demorar muito para pensar sobre isso.

Beijo sua testa e completo:

— Leve o tempo de que precisar.

Saio do quarto, planejando pegar um copo d'água, mas acabo servindo uma pequena taça de bourbon em vez disso.

E se ela disser não? Como vou aceitar isso quando estou loucamente apaixonada por ela?

Coloco todo o conteúdo do copo para dentro, tentando não pensar nisso. Não faz sentido me preocupar com algo que ainda não aconteceu.

É mais fácil falar do que fazer.

CAPÍTULO VINTE E DOIS

Winter

Uma brisa rápida de Chicago sopra meu cabelo em meu rosto e eu o coloco atrás da orelha, olhando para o mapa no meu celular. Ele exibe os diferentes números dos locais no cemitério onde Mallory está enterrada.

É um belo local, com passarelas sinuosas e grandes árvores. Tecnicamente, não havia espaço disponíveis aqui quando Harry escolheu o local há alguns meses. Mas ele foi capaz de comprar um terreno de alguém que já possuía um e colocou a pequena urna com as cinzas de Mallory lá. Ele pediu minha permissão para criar um lugar de descanso permanente para ela, e eu concordei.

Não tive coragem de visitar o local onde ela estava enterrada, até hoje. Soube, desde o instante em que estourei um cartão de crédito para pagar a cremação de Mallory, que ela havia partido. Quando peguei a pequena urna contendo suas cinzas na funerária, com Avery em meus braços, eu soube que seria um dos momentos mais comoventes da minha vida.

Contudo, naquele momento, eu estava em modo de sobrevivência. Tentando encontrar uma maneira de pagar por fraldas e fórmula infantil, descobrindo como viver minha nova vida com um bebê.

Quando tudo era novo, eu ficava tão exausta que às vezes adormecia enquanto tentava tomar banho. Eu mal estava sobrevivendo. Mas agora que tenho menos coisas com que me preocupar, há mais tempo para a tristeza invadir.

Verificando os números em uma placa de ferro forjado, vejo que estou me aproximando do lote onde Mallory está localizada. Respiro fundo, e meus pés parecem feitos de concreto de repente.

Parte de mim quer vê-la. A outra parte não suporta pensar nisso. É tão definitivo, ver o nome da minha melhor amiga esculpido em uma lápide.

Um dia, quero trazer Avery aqui. Quero contar tudo sobre sua mãe, incluindo o quanto ela lutou para viver o suficiente para trazer a filhinha a este mundo. Há lembranças lindas e felizes que quero que Avery saiba.

Mas primeiro, tenho que enfrentar a tristeza. Eu me viro para o caminho que me levará ao lote de Mallory, olhando para o mapa outra vez para ver a que distância estou.

O lote é no fim da trilha. É grande e totalmente sombreado por um carvalho gigante. Lágrimas se acumulam nos meus olhos enquanto ando mais para perto e vejo a grande e pálida lápide de mármore cor-de-rosa. Era sua cor favorita, e é uma referência à sua batalha contra o câncer de mama.

A grama está começando a cobrir a terra que foi tirada para enterrar as cinzas de Mal. Eu me ajoelho ao lado das folhas delicadas e pequenas e leio as palavras gravadas na pedra.

Mallory Nicole Crow

Mãe, filha e amiga amada

Resvalo a ponta dos dedos sobre as letras e depois sobre as datas do nascimento e morte de Mallory. Após segurar minha dor por tanto tempo, é bom chorar. Choro muito, pela amiga que perdi, pela mãe que Avery perdeu e pela luz brilhante que o mundo inteiro perdeu. Também choro porque Harry fez isso. Ele deu a Mal o lugar de descanso pacífico e bonito que ela merecia.

— Ele não é tão horrível quanto eu pensava — eu digo, baixinho. — Acho mesmo que... talvez ele não seja horrível.

Passo a ponta dos dedos sob meus olhos e coloco minha palma no chão, onde as cinzas de Mal estão enterradas. Esta é a minha chance de dizer a ela como sua filhinha está.

— Avery é tão linda. Ela sorri o tempo todo e está com um dentinho. Ela adora a hora do banho e finalmente está dormindo a noite toda. Bem, quase. — Sorrio. — Harry toca ópera francesa para ela às vezes, só o áudio. Ela sempre parece hipnotizada pelos sons. Acho que ela gosta de ópera francesa, então, é claro que ela é avançada para a idade dela. Ela também gosta de assistir ao

Mini Einsteins ou *Bebês Einsteins*, ou sei lá como se chama. Ela gosta de música.

Uma brisa sopra e eu paro de falar, olhando para os galhos estendidos do carvalho e deixando o vento frio acariciar meu rosto.

— Ah, Mal. Nem sei como cheguei aqui. Parece que ontem estávamos celebrando a sua gravidez e planejando todas as aventuras épicas que teríamos com a Avery quando ela fosse mais velha. E agora... agora você se foi e eu estou louca com o Harry.

Choro um pouco mais, desejando que cada lágrima caia. Esta é a primeira vez que me deixo realmente sofrer desde que perdi minha querida amiga.

— O que devo fazer, Mal? — pergunto depois de chorar ao ponto de estar fungando e soluçando. — Harry disse que me ama e eu acho... — Respiro fundo. — Acho que o amo também. Ele é um ótimo pai para a Avery. E é... diferente do que pensei que ele fosse.

Eu me deito, me encolhendo de lado, pressionando uma bochecha na grama fresca. Quando fecho os olhos, sinto uma sensação de calma.

— Eu nunca faria nada para te machucar — digo, baixinho. — Eu só queria que você pudesse me dizer se essa coisa entre mim e Harry está tudo bem para você.

Porém, não há respostas, apenas o farfalhar das folhas acima e a quietude silenciosa do cemitério. Ainda assim, estou feliz por ter vindo. Agora que estive aqui, não será tão difícil voltar no futuro. Na verdade, estou ansiosa por isso, posso trazer uma guirlanda de flores no Natal e flores na primavera.

Este é o lugar sagrado de Mallory. Harry estava certo, é bom ter um lugar assim.

— Eu te amo e sinto muitas saudades — falo, beijando a ponta dos dedos e tocando em sua lápide antes de me levantar do chão.

Harry quer uma resposta, mas ainda não tenho uma.

Com uma última olhada no nome de Mallory na lápide, me viro e volto pelo caminho que me trouxe até aqui. Mesmo o sol da tarde não é suficiente para me manter quente neste dia frio de outono. Estou tirando minhas luvas da bolsa quando ouço a voz de um homem gritando atrás de mim.

— Senhorita! Com licença!

Olho por cima do ombro e vejo um homem mais velho correndo em minha direção, com um monte de flores debaixo do braço. Ele é um homem negro que parece estar na casa dos setenta anos, usando um casaco de lã e sapatos pretos engraxados à perfeição.

— Está tudo bem? — pergunto, caminhando os poucos passos até ele.

— Ah, claro — ele responde, me dando um sorriso largo. — Está um lindo dia aqui fora, não acha?

— Sim. — Sorrio de volta, desejando que ele não tente me vender alguma coisa.

— Vim aqui para visitar o túmulo da minha Helen — ele conta, apontando na direção oposta de onde eu vim. — Venho aqui todos os sábados para trazer flores frescas para ela. Ela era florista, sabe? Ela amava as flores.

— Que fofo da sua parte. Por quanto tempo você foi casado?

Seus olhos escuros brilham com orgulho.

— Os melhores cinquenta e nove anos da minha vida. Quatro filhos e onze netos.

— Uau. — Balanço a cabeça, tocada por seu amor claro por sua família. — O que você diria que é o segredo de um casamento feliz?

— Nunca durma com raiva — ele diz com firmeza. — E nunca considere o outro como algo garantido.

— Parece um bom conselho.

Ele enfia a mão no buquê de flores que está segurando e pega um caule de flor, separando-a do grupo e a estendendo para mim.

— Eu estava a caminho do túmulo da Helen para nossa visita semanal quando vi você e algo me disse para te dar isso. — Ele sorri.

Um frio atravessa minha espinha. É uma rosa cor-de-rosa simples e clara — a favorita de Mallory. A razão pela qual ela escolheu "Rose" como o nome do meio de Avery.

— Eu sei, posso dizer pela sua cara no que está pensando, e você tem razão — o homem fala. — Essas rosas não vão durar um dia aqui neste frio. Mas a minha Helen amava rosas e margaridas, então foi isto que eu trouxe para ela. Rosas em todas as cores que havia na floricultura.

— Não, eu... — Coloco uma palma no peito, tentando me recompor. — Eu estava pensando... que isso significa mais para mim do que posso dizer.

Lágrimas inundam meus olhos, e eu sorrio, espantada que ainda tenho lágrimas depois de ter chorado no túmulo de Mal.

— Bem, o Senhor trabalha de maneiras misteriosas, não é? — o homem diz, parecendo satisfeito.

— Sim, tem razão.

Pego a rosa e trago para o meu nariz, inalando o perfume doce da mesma forma que Mal fazia toda vez que via uma rosa.

— Foi na hora certa. — Não posso evitar a pequena risada que também escapa. — É um momento em que estou me sentindo... em que estava me sentindo... insegura — admito. — E acho que este é o sinal de que eu precisava. Muito obrigada.

Pego sua mão e a aperto, dizendo:

— Me chamo Winter, a propósito.

O homem franze o cenho e balança a cabeça, o sorriso ainda no lugar.

— Esse não é um nome para uma alma quente e ensolarada como você.

— Bem, obrigada. É gentil da sua parte.

— Mas é um nome bonito. Único. Não há ninguém mais como você neste mundo inteiro. Lembre-se disso.

Ele toca o dedo indicador na ponta de seu chapéu fedora e diz:

— Melhor ver a Helen agora. Ela sempre odiou quando eu me atrasava.

— Obrigada de novo — agradeço, quente agora, apesar do vento frio. — E posso perguntar o seu nome?

— É Harry. Harry Compton.

Ele se vira para ir embora e eu fico ali, congelada, enquanto o vejo caminhar.

Uma rosa cor-de-rosa clara. Um homem chamado Harry. Pedi orientação a Mallory, sem imaginar que conseguiria mesmo.

— É sério? — sussurro, olhando para o céu.

De alguma forma, porém, eu já sei a resposta. Mallory disse antes de morrer que queria duas coisas: que eu criasse Avery e fosse feliz.

Estou prestes a ter tudo o que ela queria para mim, e tudo o que eu sempre quis para mim também.

CAPÍTULO VINTE E TRÊS

Harry

Os olhos de Avery dançam com alegria enquanto ela ri pela segunda vez, fazendo meu coração palpitar como quando a ouvi rir pela primeira vez.

É o som mais bonito que já ouvi. Pensei que ela fosse gostar de brincar de esconder, então tentei, pulando de trás do sofá com uma expressão de total surpresa e agachando na frente dela. Ela estava sentada em uma poltrona que a mantém ereta mesmo que ela não consiga se sentar sozinha ainda, e ela explodiu com uma enorme risada nas duas vezes que fiz isso.

Ela me acha engraçado. *Minha filha me acha engraçado.* Eu me sinto grandioso.

— É uma coisa boa que você não possa falar, meu amor, porque eu provavelmente te daria qualquer coisa que você pedisse agora.

Seu sorriso some.

— Tudo bem, acho que não foi divertido. Mais esconde-esconde?

Volto para trás do sofá e pulo de novo, conseguindo outra risada musical. Me pergunto quantas vezes funcionará. Estou me escondendo atrás do sofá de novo quando a porta da frente do apartamento se abre e Winter entra.

— Harry? — ela chama ao fechar a porta, provavelmente porque consegue ver Avery sentada no meio da sala, mas não posso ser visto em lugar nenhum.

— Oi — digo de trás do sofá. — Olha isso. Buu! — grito, desta vez colocando a mão na parte de trás do sofá e pulando sobre ele.

Eu me agacho nas almofadas e faço uma careta, e Avery cai na gargalhada.

— Ai, meu Deus. — Winter coloca uma palma no peito. — Esse é o som mais alegre que já ouvi.

Ela se aproxima de Avery e fica de joelhos ao lado dela, acariciando sua cabeça com a mão e beijando o topo. Minha garganta fica apertada enquanto vejo as duas juntas. Elas se tornaram o meu mundo inteiro nos últimos meses.

— Você pode fazer isso de novo? — Winter me pergunta. — Quero gravar um vídeo desta vez.

— Sim, vou tentar.

Pulo e faço Avery rir mais três vezes antes que ela se canse do jogo e comece a se agitar. Winter a pega da cadeira e pergunta:

— É hora de trocar a fralda?

— Não, a não ser que ela tenha feito cocô. Acabei de trocá-la há meia hora.

Ela me lança um olhar de aprovação.

— Você é muito bom nessa coisa de ser pai, sabia?

Arqueio as sobrancelhas e sorrio.

— É um grande elogio vindo de você, obrigado.

Winter geme.

— Eu sei, eu sei. Eu costumava ser a sua maior crítica.

— Está tudo bem. Percorremos um longo caminho desde aquele dia no escritório do advogado.

Ela encontra meu olhar e sorri.

— Pois é, sobre isso...

Ela está prestes a dizer algo sobre nós? Meu coração bate em expectativa esperançosa, enquanto ela muda Avery de um quadril para o outro.

— Ela pode estar querendo ficar no tapete — ofereço.

Winter coloca Avery no tapete de atividades e eu entrego a Avery sua girafa de brinquedo favorita. Ela logo a leva à boca e começa a tentar comê-la. Isso vai mantê-la ocupada por pelo menos cinco minutos.

— E aí, o que você estava dizendo? — pergunto a Winter, nós dois em pé.

Ela sorri mais uma vez, olhando para longe para respirar fundo antes de olhar para mim.

— Você se lembra do que me perguntou alguns dias atrás sem fazer o pedido oficial?

— Eu me lembro, porque não tenho sido capaz de pensar em mais nada desde então.

— Sério? — ela questiona, seu tom um pouco distraído. — Isso é um bom sinal?

— Muito. Eu te amo, Winter. Quero estar com você e só com você.

Depois de um momento de silêncio, ela diz:

— Eu também quero isso.

O mundo para de girar. Eu paro de respirar. Nada existe além de Winter e as palavras que ela acabou de admitir. Não queria ansiar muito por medo da decepção.

— Você quer ficar comigo? — repito suas palavras só para ter certeza de que a ouvi direito.

Ela assente.

— É meio louco e a última coisa que eu esperava. — Balançando a cabeça, ela parece um pouco atordoada, como se não pudesse acreditar também, mas então uma expressão de certeza cai sobre seu rosto enquanto olha para mim. — Eu nunca me senti assim antes, Harry. Eu amo o jeito que você é com Avery, e o jeito que você me faz sentir e o jeito que cuida de pessoas que nem conhece e... tantas outras coisas, que agora percebo que significa que eu amo *você*.

Lágrimas surgem em meus olhos e minha garganta fica apertada. Fecho os olhos e pigarreio, tentando me acalmar, mas Winter se lança em meus braços e me envolve com força.

Ela me ama. Era tudo o que eu queria, mas não ousei sonhar com isso. Tenho um encontro com um vendedor da Tiffany em alguns dias para comprar anéis de noivado, e me amaldiçoo por não ter feito isso antes. Se eu tivesse um anel, me ajoelharia aqui e agora.

— O que você acha sobre uma visita à joalheria? — pergunto a Winter.

Ela me lança um olhar de surpresa misturado com alegria.

— Eu não preciso escolher um anel chique, Harry. Nem preciso de um anel.

Se Winter vai ser minha esposa, ela com certeza usará um anel. Quero que todos os homens que a olhem saibam que ela está comprometida. Mesmo que eu esteja planejando escolher um anel espetacular e planejar um pedido romântico ao pôr do sol, há magia neste momento, e eu seria tolo em ignorá-lo.

Eu me ajoelho e pego uma das suas mãos. Lágrimas se derramam dos olhos de Winter em suas bochechas.

— Winter, você é a mulher mais espetacular que eu já conheci. Quero ter uma vida com você e com nossos filhos onde possamos seguir os nossos sonhos e apoiar um ao outro sempre. Tudo o que eu tenho e tudo o que eu sou... — A emoção me toma, e eu tenho que parar e pigarrear. — ... será seu para sempre se você disser sim a uma pergunta. Você quer se casar comigo?

Ela se ajoelha na minha frente, e se inclina, ainda chorando.

— Sim, eu me caso com você.

Envolvo os braços à sua volta, incapaz de conter as emoções. É o momento mais feliz da minha vida.

— Ah! — Avery chora de seu tapete de jogo.

Winter e eu olhamos para ela.

— Sim? Isso foi você dizendo sim, meu amor? — pergunto a ela. — Você quer que nos casemos e comecemos a trabalhar em alguns irmãos para você?

— Ah! — ela repete.

Olho para o Winter e dou de ombros.

— A chefe falou. Ela diz que precisamos nos casar imediatamente.

Winter ri e me beija.

— Estou pronta quando você estiver.

— Sério? — Coloco seu rosto em minhas mãos. — Porque estou pronto agora.

Ela balança a cabeça, ainda parecendo admirada, mas também completamente atordoada.

— Dá para acreditar nisso?

— Dá. — Trago suas mãos aos meus lábios e as beijo, uma de cada vez. — E quero te levar para a joalheria agora para escolher um anel incrível. Um diamante enorme que grite: "Sou casada com um cara com recursos para te foder se você tentar dar em cima de mim".

Ela ri disso.

— Não sei se sou uma mulher que gosta de coisas chamativas, Harry.

— Escolha o que quiser, mas quero que tenha algo bonito, tá bom? Algo que você possa passar para Avery um dia.

Sua expressão amolece.

— Está bem, se é isso que você quer.

— É, e não se preocupe com o preço. Eu tenho dinheiro. Ou melhor... *nós* temos dinheiro, agora.

— Você tem certeza, Harry? — Seus olhos se arregalam de preocupação. — Você tem cem por cento de certeza que quer isso? Comigo?

— Eu nunca tive mais certeza na minha vida. — Eu me abaixo para tocar a testa na sua. — Vou ligar para a minha assistente e oferecer a ela ou à filha dela uma quantia obscena de dinheiro para cuidar de Avery por uma ou duas horas hoje. E então vamos comprar o anel.

— Quantos filhos a mais você quer? — ela pergunta, um lindo sorriso em seu belo lindo.

— Eu estava pensando em mais seis.

Ela recua, e os lábios se separam em choque.

— Seis filhos, Harry. Você está falando sério?

— Não, querida. Mas gostei de ver essa sua expressão.

Ela revira os olhos.

— Não faça isso comigo, caramba. Quase tive um ataque cardíaco.

— Quantos mais você quer? É o seu corpo, então você tem mais poder de escolha do que eu.

Considerando sua resposta, ela diz:

— Pelo menos mais dois. Talvez três.

Não consigo parar de sorrir ao imaginar voltar do trabalho para Winter e nossos filhos, para cenas de um caos feliz.

— Vamos precisar comprar uma casa maior — digo, mentalmente percorrendo meus contatos imobiliários.

— Um dia.

— Mas você gosta de viver na cidade.

— Eu sei, mas se precisarmos de mais espaço...

Dou de ombros.

— É fácil de resolver. Podemos comprar dois ou três apartamentos adjacentes e convertê-los em um grande.

— Sério?

— Sim. — Eu a beijo e me levanto, estendendo a mão para ajudá-la a se levantar. — Não há nenhum problema que não possamos resolver juntos.

Seu brilho de felicidade diminui quando ela diz:

— Fui visitar a Mal hoje.

— Foi?

Ela concorda com a cabeça.

— O lote e a lápide são absolutamente lindos, Harry. Obrigada.

— Você não precisa me agradecer. Era o mínimo que eu podia fazer.

Levando a palma da mão para minha bochecha, ela diz:

— Você fez mais do que o mínimo. E significa muito para mim. E para a Avery.

— Fico feliz.

— Ela ficaria feliz por nós — Winter diz suavemente. — Eu realmente acredito nisso.

— Quero te ajudar a manter a memória dela viva para a Avery. Podemos começar com algo pequeno, com algumas fotos se você tiver sua com a Mallory ou da Mallory com a Avery. Quando Avery ficar mais velha, podemos vasculhar as caixas das coisas da Mallory que você guardou também. Poderíamos até começar uma bolsa de estudos em seu nome, ou qualquer outra coisa que você quiser.

— Obrigada, Harry.

Eu a beijo suavemente e digo:

— Vou ligar para a minha assistente agora, para que a gente possa ir buscar o anel.

— Perfeito.

CAPÍTULO VINTE E QUATRO

Winter

Tudo parece um sonho.

Estou andando até o altar por um corredor repleto de pétalas de rosas no gramado de uma luxuosa casa de praia em Miami de um amigo do Harry. A cada passo que dou, fico um pouco mais perto do homem por quem estou profundamente apaixonada.

Faz um mês que Harry me levou para a Tiffany & Co., na Avenida Michigan. Olho para o solitário oval cintilante cercado por minúsculos diamantes rosa-claro todos os dias, maravilhada. Esses diamantes cor-de-rosa são minha conexão com Mallory, e eles me lembram do que ela queria para mim — ser feliz.

E eu estou feliz. Enquanto olho para o altar e vejo Harry me esperando em seu smoking perfeitamente ajustado, com lágrimas brilhando em seus olhos, sei que isto é real. Foi um turbilhão que começou com o meu ódio mais profundo por esse homem, mas agora, quando olho para ele, tudo o que vejo é amor.

A cerimônia é pequena e íntima. Harry trouxe todos aqui em jatinhos particulares e providenciou hospedagem para a semana, então meus amigos do salão estão vivendo experiências incríveis, sentados à beira da piscina e bebendo drinques de frutas quando não estamos fazendo coisas do casamento.

Harry convidou cerca de vinte de seus amigos e colegas mais próximos, e Viv está a cerca de três metros dele na primeira fila de cadeiras, segurando Avery e sorrindo para mim.

Aubrey e Chance também estão aqui. Chance, segurando o bebê Chance, acena com a cabeça em aprovação quando passo por eles. Aubrey me envia um beijo.

Não consigo imaginar um lugar mais bonito para me casar. A casa tem vista para o oceano e tem um quintal com jardins magníficos, com uma enorme piscina, e uma grande fonte cercada por árvores bem-cuidadas e flores de cores brilhantes. O decorador do casamento suavizou as flores tropicais ousadas do quintal com guirlandas e ornamentos feitas de rosas cor-de-rosa claras e flores brancas variadas. É exatamente o que eu queria.

— Oi — Harry sussurra quando enfim o alcanço.

Ele parece quase tímido, mas também há um desejo desmedido iluminando seus olhos. Tive a sensação de que quando escolhi este vestido de noiva, com decote nas laterais e um corpete, de que ele gostaria. Meus amigos do salão enrolaram meu cabelo e o prenderam em um coque elegante, enfiando pequenas rosas claras por toda parte. Avery está usando um vestido da mesma cor que as rosas.

— Oi — digo de volta, tão feliz que mal consigo me conter.

— Você está tão linda.

Ele pega minhas mãos nas dele e compartilhamos um olhar significativo final antes de nos virarmos para Daniel, que oficializará o casamento. Ele e Harry serviram no exército juntos; Daniel era capelão militar.

— Amigos e familiares de Harry e Winter, estamos reunidos aqui hoje para uma ocasião muito alegre — Daniel inicia, sorrindo. — Eu não poderia estar mais feliz por estar unindo esses dois em sagrado matrimônio. — Ele olha de mim para Harry. — Estão prontos?

— Sim — digo, baixinho.

— Com certeza — Harry concorda.

Alguns minutos depois, nos voltamos para os espectadores e Harry agarra minha mão e levanta nossos braços em comemoração.

Acabamos de selar nosso casamento com um beijo, e sinto mais alegria do que jamais senti. Avery está nos braços de sua avó, olhando ansiosa para mim, e eu caminho em sua direção e a pego.

— Parabéns — Viv diz, me abraçando gentilmente, já que estou segurando Avery. — Eu não poderia estar mais feliz por vocês dois.

— Muito obrigada. E obrigada por ficar com a Avery ontem à noite e hoje também.

— Claro, sempre que precisarem, de verdade.

Harry vem e enlaça um braço em volta da minha cintura, com seu sorriso triunfante.

— Você é minha esposa — ele diz.

— Foi isso que aconteceu? — brinco. — Pensei que estava alugando um apartamento para passar as férias.

— Que engraçadinha. — Ele se inclina para me beijar. — Você quer que eu segure a Avery?

— Não, eu fico com ela.

— Não, *eu* fico com ela — Aubrey diz, caminhando com os braços estendidos. — Sua fotógrafa vai querer tirar algumas fotos de vocês dois, e a tia Aubrey vai trocar e alimentar essa pequenina para que ela fique feliz quando for a vez dela de tirar fotos.

— Ah, isso seria ótimo — digo. — Obrigada.

— Claro. Qualquer coisa para passar algum tempo extra com essa princesa.

Avery e o bebê Chance gostam de ficar olhando um para o outro. Aubrey e eu nos sentamos debaixo de um guarda-sol de praia com os dois na manhã passada e entre a areia molhada e olhares de um para o outro, eles ficaram fascinados no novo ambiente.

Estou feliz que Avery terá um primo com idade próxima da dela para crescerem juntos. Aubrey e eu já estamos falando sobre as duas famílias fazendo viagens juntas quando as crianças forem um pouco mais velhas.

Harry e eu posamos perto da fonte e na praia para a fotógrafa, a água cintilante e o pôr do sol criando o cenário perfeito. Harry me disse que Miami seria o local perfeito para um casamento em dezembro, e ele tinha razão.

— Está bem, vamos agora para as escadas na frente da casa — a fotógrafa diz, e sua assistente reúne o equipamento de iluminação.

— Nos dê quinze minutos de pausa e nos encontraremos lá — Harry pede, pegando minha mão e me levando até o gramado da casa de praia.

— Se você acha que estamos indo para a casa da piscina para consumar este casamento, pense de novo — falo em tom baixo. — Levaria vinte minutos só para me colocar de volta neste vestido com todos os botões na parte de trás e a cinta modeladora por baixo.

Harry me lança um olhar brincalhão.

— Quem disse que preciso tirar o vestido primeiro?

— Olha só para você, sr. Romântico. — Rio.

— Parece divertido, mas estou planejando esperar até a noite por isso. E, falando sério, quinze minutos seriam um insulto à minha masculinidade.

— Ainda bem que pensamos da mesma forma. Mas se não é isso que vamos fazer, o que é? Quero tirar as fotos para não sermos um daqueles casais que deixam nossos convidados famintos e entediados por uma hora e meia.

— Acho que você vai ficar bem com esse desvio, minha pequena maníaca por controle — Harry diz, beijando a parte de trás da minha mão. — Eu tenho mais uma surpresa para você.

— Ai, Deus, não me diga que vai haver outro casamento com uma segunda esposa. — Arqueio uma sobrancelha. — Eu não quero ser uma segunda esposa.

— É, eu gostaria de não ser assassinado pela minha esposa menos de uma hora após o casamento, então com certeza não é isso — Harry murmura.

O que mais poderia ser? Harry já me deu o casamento dos meus sonhos.

— Aqui — ele indica, me levando até os fundos da casa.

Ele segura a pequena cauda do meu vestido enquanto atravessamos um pátio e alcançamos um conjunto de portas francesas.

— Aqui dentro? — pergunto a ele, me virando.

— Sim.

O amigo de Harry, que está em uma de suas casas na Suíça, está nos permitindo usar a casa por mais uma semana, para que Harry e eu possamos ter algum tempo juntos agora que nos casamos.

Quando entro na sala nos fundos da casa, há um homem e uma mulher sentados em uma mesa, com uma pilha de papéis ao lado. Os dois se levantam e sorriem para nós enquanto estamos em pé de mãos dadas. Harry solta minha mão e a leva para a minha lombar.

— Josh e Carrie, esta é a minha esposa, Winter Stone.

Olho para ele e sorrio, meu novo nome enviando uma emoção de prazer por mim.

— E, querida, este é Josh Carver, um advogado de família de Chicago, e Carrie Steinborn, uma assistente jurídica e notária que também trabalha na empresa dele.

— O que é isso? — pergunto a ele.

Harry se vira para olhar para mim.

— Josh está com alguns papéis para você assinar. Depois disso, ele pode nos conseguir uma data no tribunal para uma audiência de adoção.

Meu queixo cai, em choque.

— Você quer adotar uma criança?

Com um pequeno sorriso, Harry diz:

— Não, querida. Quero que *você* adote. Se adotar a Avery, ela será oficialmente metade minha e metade sua. Então, o que quer que aconteça, você sempre terá essa proteção. E se algo acontecer comigo, eu me sinto melhor sabendo que, legalmente, ela estaria com você.

Consegui limitar meu choro durante a cerimônia de casamento, sem querer manchas pretas e rímel escorrendo pelo meu rosto nas fotos do casamento, mas...

Solto um soluço alto e incontrolável, cobrindo o rosto com as mãos. Carrie se levanta e me traz uma caixinha de lenços, colocando a mão no meu braço, me consolando.

— Devemos dar a vocês um pouco de tempo? — ela pergunta gentilmente.

Pegando um lenço da caixa e secando os olhos, digo:

— Obrigada, mas não. Eu estou bem. Só estou muito feliz.

Olho para Harry, ele pega a minha mão e a aperta.

— Este é o presente mais incrível que alguém já me deu. Eu não consigo nem... Nem sei o que dizer, estou tão chocada e feliz.

— Isso não é um presente — Harry diz, sua expressão se tornando séria. — Isso é o que você merece. É o que a Avery merece. Ela é uma menina de sorte porque pode ter duas mães.

As lágrimas voltam e eu puxo outro lenço da caixa.

— Desculpa — peço a Josh e Carrie.

— Não se desculpe — Josh responde, sentado à mesa. — Estamos felizes em fazer parte de uma ocasião tão alegre. Leve todo o tempo que precisar.

Não preciso de mais tempo. Estou pronta para adotar Avery, e saber que ela será minha, não importa o que aconteça. Meu instinto me diz que Harry e eu vamos ter um casamento longo e feliz. Não será perfeito, porque eu tenho um temperamento difícil e a vida nem sempre é fácil, mas vamos superar os altos e baixos. Ter essa proteção para mim e para Avery significa tudo para mim.

— Qual nome devo assinar? — pergunto a Carrie.

— Assine com o seu nome de solteira, porque você ainda não mudou legalmente. Eu já tenho essa papelada pronta, mas podemos falar sobre isso depois que você voltar para Chicago.

Ela vira a papelada, pequenas flechas indicam cada lugar em que preciso assinar. Quando termino, ela junta os papéis e sorri para mim.

— É isso — Josh declara. — Vamos fazer as coisas prosseguirem e conseguir a data mais rápida do tribunal que pudermos.

Não consigo conter minha alegria. Eu me levanto, Harry está atrás da minha cadeira, e jogo meus braços em volta dele.

— Muito obrigada — digo ao seu ouvido. — Eu te amo.

Josh e Carrie pegam suas pastas e bolsas, indo para a porta.

— Vamos embora. — Josh acena para nós por sobre o ombro. — Parabéns.

— Obrigado — Harry diz, se voltando para me olhar nos olhos. — Esse dia poderia ser mais perfeito? — ele me pergunta.

— Talvez com algumas horas de celebração com a Avery e todos os outros, e depois algumas horas na cama — digo, sorrindo.

— Estou dentro. Precisamos trabalhar para fazer o Harry Júnior.

— Harry Júnior? — Levanto uma sobrancelha em questionamento. — Pode ser que a gente precise discutir nomes de meninos um pouco mais.

Ele me beija e balança a cabeça.

— O primeiro garoto vai ser Harry. A única coisa melhor do que ter um Harry Stone em sua vida será ter dois.

Olhando para ele, eu falo:

— Eu não poderia concordar mais.

FIM

LEIA OUTROS LIVROS DA SÉRIE:

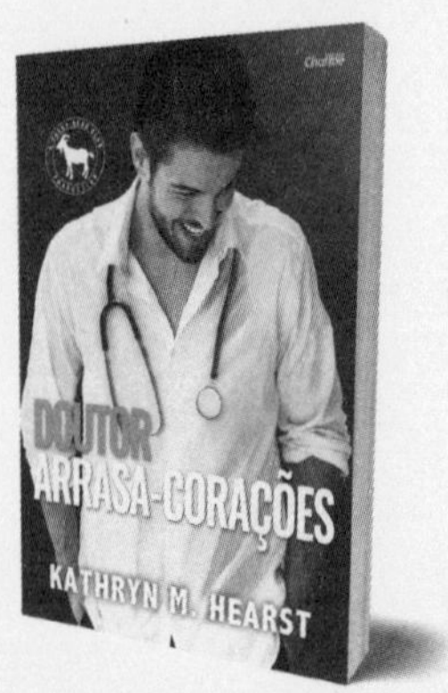

Charme
DON JUAN
IRRESPONSÁVEL
SIENNA SNOW

Charme
DUQUE
ATREVIDO
ANNABELLE ANDERS

Charme
MESTRE DA
MANIPULAÇÃO
NICOLE S. GOODIN

Charme
CAPITÃO
ARROGANTE
ELLIE MASTERS

Charme
CRETINO
DE SORTE
KAYLEE RYAN

Charme
ESCOCÊS
ARROGANTE
JOLIE VINES

Editora Charme

Entre em nosso site e viaje no nosso mundo literário.
Lá você vai encontrar todos os nossos
títulos, autores, lançamentos e novidades.
Acesse www.editoracharme.com.br

Você pode adquirir os nossos livros na loja virtual:
loja.editoracharme.com.br

Além do site, você pode nos encontrar em nossas redes sociais.

https://www.facebook.com/editoracharme

https://twitter.com/editoracharme

http://instagram.com/editoracharme

TikTok

@editoracharme